Chez Trixie

Chez Trixie

Sinclair Smith

Traduit de l'anglais par
LOUISE BINETTE

Les éditions
Héritage inc.

Données de catalogage avant publication (Canada)

Smith, Sinclair
Chez Trixie

(Frissons)
Traduction de : The Waitress.

ISBN: 2-7625-7142-1

I. Titre   II. Collection
Pz23.S54Ch 1992   j813'.54   C92-096872-4

Copyright© 1992 Dona Smith
Publié par Scholastic Inc., New York

Version française
© Les Éditions Héritage Inc. 1992
Tous droits réservés

Dépôts légaux : 3e trimestre 1992
Bibliothèque nationale du Québec
Bibliothèque nationale du Canada

ISBN: 2-7625-7142-1   Imprimé au Canada

LES ÉDITIONS HÉRITAGE INC.
300, Arran, Saint-Lambert (Québec) J4R 1K5
(514) 875-0327

À Larry et à toute la bande
du *Old Town*, avec mes remerciements
à Greg et à Jean.

Chapitre 1

«Je vais crier», pensa Pascale.

Elle observa la frêle silhouette de l'homme qui s'agitait et gesticulait frénétiquement.

«Il est fou», se dit-elle, découragée. «Si j'écoute ses divagations une minute de plus, je vais perdre la tête.»

Le plus difficile à supporter était sa *voix* — cet horrible grincement... On aurait dit un bruit d'ongles qu'on fait crisser sur un tableau.

«Je suis prise au piège... pour l'instant, constata-t-elle. De plus, ce qui viendra après son petit discours est encore pire.» Elle sentait la terreur monter en elle tandis que l'horloge, impitoyable, continuait son tic-tac.

«Mieux vaut ne pas lui laisser voir ce que je pense... Mieux vaut ne pas le rendre furieux.»

Elle scruta les visages figés et distraits autour d'elle. «*Il* nous inflige ça, pensa-t-elle. Nous sommes tous ses victimes. De toute façon, ce sera bientôt terminé.»

— Oh!

Pascale poussa un petit cri et bondit sur son siège, tirée de sa rêverie.

Le petit homme était penché au-dessus d'elle et la fixait derrière ses lunettes.

— Croyez-vous que nos cours vous sembleraient plus intéressants si vous étiez attentive, mademoiselle Marceau? demanda-t-il d'un ton suffisant. Voulez-vous nous répéter le devoir de cette semaine?

— Dé-désolée, monsieur Dubois, bégaya Pascale.

Elle se sentit rougir en entendant les élèves glousser autour d'elle.

— Je crois que j'ai été distraite durant une minute.

— Bon, alors, veuillez vous joindre à nous de nouveau et participer à notre discussion à propos du devoir portant sur le suspense, dit-il d'un ton brusque en retournant à l'avant de la classe.

Pascale poussa un soupir de soulagement. «Oui, pensa-t-elle, jusqu'à la fin de ce cours, nous sommes tous les victimes de ce fou, monsieur Albert Dubois, professeur d'anglais.»

«Est-il possible de mourir d'ennui?» se demanda-t-elle en jetant un regard vers l'horloge. «Dans ce cas, il est en train de me tuer.»

— Prenons l'exemple de *Les oiseaux*, d'Alfred Hitchcock, basé sur une histoire de Daphné du Maurier, dit monsieur Dubois en recommençant à faire les cent pas. Nous voyons des oiseaux tous les jours et les remarquons à peine. Cependant, si les oiseaux se mettaient soudain à nous attaquer, il s'agirait d'une tout autre affaire, n'est-ce pas? Ce serait plutôt inattendu.

Il fit une pause, regardant les élèves d'un air triomphant, comme s'il venait de dire quelque chose de très intelligent.

— Je veux donc que vous gardiez cet exemple à l'esprit en rédigeant votre devoir et que vous imaginiez quelle serait votre réaction si des objets — ou même des gens — faisaient soudain quelque chose d'inhabituel. La gardienne, la femme de ménage, le concierge : ce sont tous des gens dont nous remarquons à peine la présence. Mais, si un jour la gardienne mettait le feu à la maison ou que la femme de ménage tentait d'étouffer les enfants dans leur lit, ce serait tout à fait différent. Imaginez que le concierge soit un terroriste — ne serait-ce pas *inattendu*?

Sa voix monta et se fit encore plus grinçante.

«Je rêvasse beaucoup trop en classe depuis quelque temps. Il faut absolument que je sois attentive», pensa Pascale, mal à l'aise.

Toutefois, elle avait de plus en plus de mal à se concentrer...

«Je déteste cette école», se dit-elle, furieuse. «Je déteste cette ville et je déteste avoir dû déménager en plein mois d'octobre.»

Sa mère lui avait dit de ne pas s'inquiéter. Elle se ferait de nouveaux amis. Pascale rit en son for intérieur. «Je n'aurais pas un ami sur cette terre si Caroline Hudon avait quelque chose à y voir», pensa-t-elle en jetant un regard derrière elle dans la direction de la grande fille élancée aux cheveux blond pâle assise dans l'autre rangée.

Elle pouvait sentir le regard bleu glacé de Caroline lui percer le dos.

Caroline la détestait.

Pourquoi?

«À cause de Jonathan», se dit Pascale en se rappelant le jour où il était venu l'aider alors qu'elle n'arrivait pas à ouvrir son casier. Il avait ri de la voir si frustrée et lui avait tapoté doucement le bras comme pour la réconforter. Avait-il laissé sa main sur son épaule un peu plus longtemps que nécessaire? Pascale le croyait, mais n'en était pas certaine; car à cet instant...

— Jonathan!

Une voix avait résonné dans le couloir. Pascale s'était retournée et avait aperçu Caroline, appuyée nonchalamment contre le mur.

Elle les observait.

«Et qu'est-ce que ça pouvait bien faire que Jonathan soit le petit ami de Caroline?» pensa Pascale, sur la défensive. «Nous ne faisions rien de mal. Jonathan s'efforçait simplement d'être gentil.»

«Bien sûr, ça ne m'ennuierait pas d'être plus qu'une simple copine pour Jonathan Trudel. Beaucoup plus qu'une copine, même», admit-elle.

Caroline obtenait généralement ce qu'elle voulait, lui avait dit Jonathan. Pascale frissonna. Depuis quelque temps, elle était de plus en plus convaincue que Caroline l'épiait, la suivant partout où elle allait. «Parfois, elle semble surgir de nulle part», se dit Pascale, perplexe. «Je regarde derrière moi, elle est là. Je tourne un coin, elle est encore là, souriant d'un air satisfait. Au moment où je m'y attends le moins, elle me surveille… habituellement quand je suis seule.»

Pascale rit intérieurement. «Je devrais peut-être faire quelque chose d'inattendu», pensa-t-elle.

Quelque chose qui étonnerait Caroline et retiendrait son attention.

Quelque chose qui lui montrerait ce que c'est que de se sentir menacée.

Cette idée la rendit tout à fait joyeuse.

Elle soupira. Ce serait certainement formidable de se débarrasser de Caroline une fois pour toutes.

Elle regarda de nouveau l'horloge. Le temps passait et il y avait d'autres choses auxquelles elle devait réfléchir.

Il lui restait un autre cours après celui-là. À quinze heures et quinze minutes, ce serait terminé et Pascale devrait alors commencer sa première soirée de travail comme serveuse chez Trixie.

Elle sentit la panique monter en elle. «Trixie s'apercevra que je n'ai pas la moindre expérience. Mais si je n'avais pas menti un tout petit peu, Trixie ne m'aurait probablement pas engagée.»

La cloche retentit, libérant les prisonniers.

«Pourquoi, mais pourquoi donc ai-je accepté cet emploi?» gémit Pascale tout bas en rassemblant ses livres. Sans aucun doute, ce serait un véritable cauchemar.

Chapitre 2

Pascale hâta le pas en apercevant l'enseigne du restaurant.

— Salut ma chérie! Contente que tu sois arrivée tôt, dit Trixie, la propriétaire de l'établissement, lorsque Pascale entra et déposa ses livres sur le comptoir.

Pascale sourit et regarda Trixie. «Pourquoi donc persiste-t-elle à s'habiller comme ça?» se demanda-t-elle.

La femme dans la cinquantaine portait le même uniforme que les serveuses: des chaussettes et des chaussures basses, une jupe rose évasée, un chemisier blanc à fanfreluches et à passepoil noir ainsi qu'un tablier noir. Un mouchoir de dentelle se trouvait dans sa poche et un écusson était cousu au-dessus. «Bonjour, mon nom est Trixie», pouvait-on lire.

«Je suppose qu'ici, Trixie a l'air presque normale», pensa Pascale en regardant autour d'elle dans le restaurant.

«On se croirait dans les années cinquante», se dit-elle. Un long comptoir en plastique laminé s'étendait le long d'un mur; des tabourets recouverts de vinyle jaune se dressaient derrière et un linoléum à carrés blancs et noirs recouvrait le sol. Il y avait plusieurs rangées de tables et un juke-box se trouvait même dans un coin. «C'est presque comme dans les films», conclut Pascale.

Derrière le comptoir était accroché un tableau noir annonçant le plat du jour. «LA SURPRISE DE TRIXIE», lut Pascale.

Trixie tapota sa coiffure toute en hauteur.

— Je suppose que tu te demandes pourquoi je porte un uniforme.

Ses lèvres formèrent un sourire.

— C'est au cas où je devrais sortir de la cuisine pour venir donner un coup de main aux serveuses. De plus, ajouta-t-elle en souriant, c'est amusant. Ça me fait sentir jeune à nouveau. Tu sais, j'ai commencé à travailler ici quand j'ai abandonné mes études secondaires. J'ai suivi un cours d'esthéticienne durant quelque temps, poursuivit-elle en tapotant ses cheveux encore une fois, mais ça ne me convenait pas. Alors j'ai lâché et je me suis trouvé un emploi ici. Maintenant, ce restaurant m'appartient.

Trixie fit un clin d'oeil à Pascale.

— Allez, je vais te montrer le menu, dit-elle en s'assoyant à une table.

— Parfait, répondit Pascale en s'installant à côté d'elle.

Elle s'efforça d'avoir l'air heureuse et confiante.

Trixie, toutefois, adopta soudain une mine sévère.

— Tu as dit que tu avais de l'expérience, alors tu apprendras très vite, dit-elle.

«Qu'est-ce qui s'est passé? Elle était si amicale il y a quelques secondes à peine. Pourquoi se renfrogne-t-elle comme ça?» se demanda Pascale, mal à l'aise.

— C'est tant mieux, continua Trixie, car lorsque les clients envahissent la place, c'est la folie ici! Quiconque ne sait pas ce qu'il doit faire pourrait tout simplement être... tué.

Elle sourit.

Pascale acquiesça faiblement. «Ce sera pire que je l'imaginais», gémit-elle intérieurement.

— Maintenant, voilà le menu... Prends-en un aussi.

Trixie sourit et tendit un menu à Pascale comme si elle lui remettait un trophée. Elle passa en revue les différentes sortes de hamburgers et de hot-dogs que les clients pouvaient choisir et indiqua à Pascale la façon la plus rapide d'inscrire une commande sur une facture.

Lorsque Trixie lui eut expliqué tout ce qu'il fallait faire, Pascale avait la tête qui tournait. «Oui, pensa-t-elle, ce sera beaucoup, beaucoup plus difficile que je ne l'avais imaginé.»

— Je crois que c'est tout, dit Trixie, rayonnante. Puisque tu as de l'expérience, je suis certaine que je n'ai pas besoin d'insister davantage, n'est-ce pas?

Elle regarda Pascale d'un air plein de sous-entendus.

— Je pense que ça ira.

Pascale sourit faiblement. «Elle sait que je n'ai jamais été serveuse et elle se moque de moi», décida-t-elle.

— Parfait, dit Trixie en souriant. Car maintenant, je veux parler d'*accidents*. Je préviens toutes mes filles de faire très très attention aux accidents. Il faut être constamment sur ses gardes et ne rien renverser sur les glaçons ni sur le plancher.

Trixie se leva.

— Tu ne peux imaginer combien d'accidents peuvent se produire dans un restaurant. Il suffit d'être distraite durant un instant — ou tout simplement stupide. Nous ne voulons pas que nos clients s'étouffent…

Elle porta les mains à son cou.

— … ou glissent…

Elle leva une jambe en l'air.

— … tombent et se fendent le crâne, aspergeant les murs de sang.

Elle se frappa la tête d'une main.

— Bon, c'est tout.

Elle sourit.

«Dieu merci — je ne veux pas en entendre davantage, pensa Pascale. C'est certainement bizarre. Je me demande si elle a appris à se coiffer comme ça à l'institut de beauté…»

— Suis-moi en bas et je vais te montrer où te changer, dit Trixie d'un ton dur.

«Je n'ai vraiment aucune envie d'aller en bas», pensa Pascale. Mais elle obéit et suivit Trixie dans l'escalier étroit. «Il y a quelque chose de terrifiant chez cette femme. Mais qu'est-ce que c'est? Un instant elle semble être ma meilleure amie et l'instant d'après, on croirait qu'elle va me frapper.

Le cellier était éclairé par une ampoule. Trixie indiqua à Pascale où se changer — au fond du cellier, derrière une cloison. Pascale enfila rapidement l'uniforme et les souliers tandis que Trixie bavardait.

— C'est vraiment joli, dit-elle lorsque Pascale réapparut de derrière la cloison.

En regardant autour d'elle, Pascale remarqua deux immenses caisses aux murs épais et aux lourdes portes à l'autre extrémité du cellier. «On dirait presque des chambres de torture», observa-t-elle.

— Qu'est-ce que c'est, Trixie? demanda-t-elle en désignant les caisses.

Trixie parut méfiante.

— Tu as déjà été serveuse et tu n'as jamais vu ces trucs?

Elle haussa ses sourcils tracés au crayon.

— Je suis surprise. Tous les restaurants en possèdent au moins un. Bon, viens, je vais te montrer. De toute façon, il faut bien que tu saches où se trouvent les choses dont tu pourrais avoir besoin.

Trixie se dirigea vers l'une des grosses caisses, ouvrit la porte et entra.

— C'est un réfrigérateur. Eh bien! Ne reste pas plantée là, entre!

Avalant difficilement sa salive, Pascale entra, déterminée à ne pas laisser voir à quel point elle était effrayée. Elle se retrouva entourée de tablettes regorgeant de fruits, de légumes et d'autres provisions. Au milieu d'un mur, près du plafond, un ventilateur ronronnait.

— Ne te laisse jamais enfermer ici, dit Trixie gaiement. Tu suffoquerais très rapidement.

— Ce ventilateur ne communique-t-il pas avec l'extérieur? demanda Pascale, perplexe.

— Eh bien! tu ne vois pas de fenêtre, n'est-ce pas, chérie? dit Trixie en ricanant. Ce ventilateur diffuse l'air froid, tout simplement. Bon, suis-moi. Je vais te montrer le congélateur.

Elles sortirent du réfrigérateur et Trixie poussa bientôt Pascale dans l'autre caisse.

— Tu vois, expliqua Trixie en suivant Pascale, il est identique au réfrigérateur, sauf qu'il y fait bien plus froid.

Soudain, la porte se referma. Trixie avait enfermé Pascale dans le congélateur, seule.

« C'est *insensé* », pensa Pascale malgré sa peur. « Cette femme m'enferme dans un congélateur simplement parce que je n'ai jamais été serveuse? »

Chapitre 3

Pascale frissonnait dans le congélateur. De l'autre côté de la porte, elle pouvait entendre Trixie qui gloussait.

— Hé! Qu'est-ce que vous faites? demanda Pascale en frappant la porte de son poing.

— J'aime bien faire cette plaisanterie aux nouvelles, dit Trixie en riant à l'extérieur. Elles ont toutes peur de ces trucs la première fois qu'elles les voient. Ça paraît tout de suite. Elles craignent d'y être enfermées par mégarde. Mais tu n'as aucune raison de t'inquiéter, chérie, poursuivit Trixie d'un ton joyeux. Regarde par terre le long de la porte, à gauche. Tu y trouveras la poignée de sûreté.

«Oui, oui, la voilà», pensa Pascale avec soulagement. Elle tira la poignée et sortit. «Je suis libre, Dieu merci», se dit-elle en soupirant.

Trixie souriait et ricanait. «Elle semble beaucoup s'amuser», pensa Pascale avec ressentiment.

— Maintenant, tu n'auras plus peur d'y entrer pour venir chercher ce dont tu as besoin, fit remarquer Trixie en gloussant.

«Bien sûr, pas si j'ai les pieds et les mains liés et qu'on m'a assommée d'abord. Peut-être que je deviens vraiment folle. Pourquoi cette femme agit-elle comme si c'était une plaisanterie de m'avoir enfermée dans un congélateur?» se demanda Pascale en suivant Trixie dans l'escalier étroit.

Puis, elle aperçut son reflet dans le miroir en haut de l'escalier. Elle sourit. «Pas mal», pensa-t-elle en remarquant que le rose et le blanc mettaient en valeur ses longs cheveux châtains et ses yeux noisette et que la jupe soulignait sa taille fine. «Après tout, cet emploi me plaira peut-être.»

Trixie se tourna vers Pascale.

— Tu n'as jamais été serveuse… Pourquoi as-tu menti?

— J'ai pensé que vous ne m'engageriez pas si vous saviez que je n'avais pas d'expérience, admit Pascale. De plus… j'apprends vite, s'empressa-t-elle d'ajouter.

— J'en suis certaine, chérie, dit Trixie en souriant. Tout le monde doit commencer un jour. Je crois que tu as beaucoup de cran. Bon, au travail. Vas-y et prépare tout. Virginie doit déjà être là. Elle te donnera un coup de main.

— Merci, Trixie, dit Pascale en marchant derrière le comptoir.

«Cette femme a un sacré sens de l'humour!» pensa-t-elle en ouvrant un sac de café. «Quelle sera la prochaine leçon? M'enfermer dans le lave-vaisselle?»

— Tiens, voilà Carla! À la dernière minute,

comme d'habitude, fit remarquer Trixie en secouant sa tête rousse.

En regardant par la fenêtre, Pascale vit une fille garer sa motocyclette. Un garçon était assis derrière elle. Elle retira son casque et secoua ses boucles noires comme jais.

— Carla... je l'ai vue à l'école.

— Carla à l'*école*? fit Trixie en roulant les yeux, feignant la surprise.

Elle rit.

— Je croyais que Carla avait mieux à faire que d'aller à l'*école*. Écoute, chérie, réserve la table du fond pour ma nièce, d'accord? Elle aime bien s'y installer avec ses amis. C'est toi qui la serviras, ajouta Trixie en se dirigeant vers la cuisine.

— Oh! oui...

Pascale acquiesça d'un air absent, les yeux rivés sur la fille à l'extérieur. Carla était appuyée contre le garçon et parlait avec animation.

«Carla est l'une des élèves les plus extravagantes de l'école», pensa Pascale en souriant intérieurement. Elle admirait Carla qui agissait avec désinvolture, riant et flirtant avec tous les garçons — même Jonathan. «J'aimerais avoir le courage de m'habiller comme ça», se dit-elle avec envie.

Soudain, Pascale fut tirée de sa rêverie; le café s'écoulait de la machine et se répandait partout sur le sol. «Qu'est-ce que je *fais*?» se demanda-t-elle, paniquée.

— Hé! ce n'est rien, dit une voix derrière elle tandis que quelqu'un posait un récipient sous le flot de liquide brûlant.

Pascale se retourna et aperçut une fille de petite taille au visage parsemé de taches de rousseur.

— Je m'appelle Virginie Rodier, dit la fille en lui tendant la main. Si tu as besoin d'aide pour quoi que ce soit, tu n'as qu'à me le demander. Ici, les premiers jours de travail peuvent être plutôt affolants. Tu es Pascale, n'est-ce pas?

— Oui. Et merci. C'est vrai que c'est affolant ici. Trixie a déjà tenté de m'enfermer dans le congélateur.

— Oh! Allez! dit Virginie en riant. Tu sais bien qu'elle a voulu plaisanter. Elle fait toujours ça. Tu ne croyais pas vraiment qu'elle allait te laisser là, n'est-ce pas?

— Bien… non.

«Je crois que j'étais vraiment dans tous mes états», pensa Pascale.

— De toute façon, voici un premier conseil, dit Virginie. Quand tu appuies sur le bouton de la cafetière, assure-toi d'abord d'avoir mis un récipient pour recueillir le café.

— D'accord, répondit Pascale, se sentant ridicule.

— Comment ça va?

Pascale se retourna et vit Carla entrer, son casque de moto à la main.

— Salut, je m'appelle Pascale. Ça va… jusqu'à maintenant.

— Vraiment? Alors ils vont s'occuper de toi, plaisanta la fille en désignant le stationnement où commençaient à se garer des voitures. Je dois aller me changer. À plus tard! Et ne t'en fais pas; cet emploi, c'est du gâteau.

«Je ne suis pas convaincue», se dit Pascale en se précipitant pour remplir les contenants de sel, de poivre, de moutarde et de ketchup. «Quoi d'autre?» Elle s'arrêta, soudain mal à l'aise. Elle avait l'impression que quelqu'un l'observait. Elle se retourna vivement.

— Caroline!

La fille aux cheveux blonds parut d'abord surprise, mais un sourire satisfait apparut bientôt sur son visage.

— Eh bien! Eh bien! dit-elle d'une voix traînante. Je ne savais pas que tu avais décroché un emploi au restaurant de ma tante, Pascale.

«Oh non!» gémit Pascale intérieurement. «*C'est* la nièce.»

— Salut, tante Trixie!

Caroline la salua gentiment.

— Pouvons-nous nous asseoir à notre table habituelle?

— Bien sûr, chérie, cria Trixie de la cuisine.

Pascale s'empressa d'aller dresser le couvert. «J'espère qu'elle s'étouffera», pensa-t-elle.

En regardant Caroline se diriger vers la table, Pascale remarqua qu'elle portait des pendants d'oreilles qui ressemblaient à de gros morceaux de *sushi*.

— Salut Pascale! Comment ça va? demanda une voix derrière elle.

Pascale se retourna.

— Jonathan… salut !

«Il est si séduisant», se dit Pascale en admirant le corps musclé du garçon et ses cheveux blonds qui retombaient sur son front tandis qu'il se penchait vers elle pour lui parler. «Je le dévisage», constata-t-elle, se sentant ridicule.

— J'espère que ton nouvel emploi te plaira, dit Jonathan en s'assoyant à côté de Caroline.

Celle-ci regarda Pascale froidement.

«Qu'est-ce qu'il peut bien trouver à cette… sorcière?» se demanda Pascale en s'éloignant d'un air affairé.

Le restaurant bouillonnait maintenant d'activité. Des gens entraient sans arrêt. Pascale était occupée à servir des clients lorsqu'elle sentit une petite tape sur son épaule.

— Tu ferais mieux d'y aller, dit Carla. La princesse est prête à commander, ajouta-t-elle en lui faisant un clin d'oeil.

«Nous y voilà!» pensa Pascale en s'approchant de la table de Caroline. Elle pouvait entendre Caroline gémir à plusieurs tables de là.

— Tu vas maintenant suivre des cours de *peinture*?

Ils ne remarquèrent pas sa présence immédiatement. Au bout de quelques secondes, Caroline se tourna vers elle, l'air méprisant.

— Il y a déjà longtemps que nous attendons. Merci de nous rendre visite.

Tandis qu'elle prenait leur commande, Pascale se demanda si Jonathan avait plongé son regard dans le sien un peu plus longtemps qu'il ne le fallait ou si ce n'était que son imagination.

«Je vous en prie! Faites que tout aille bien!» pria-t-elle en silence.

Lorsque la commande de Caroline et de Jonathan fut prête, Pascale alla la leur porter et tourna les talons aussi rapidement que possible. «J'espère que je n'entendrai plus parler d'eux ce soir», se dit-elle. Mais soudain, des éclats de rire venant de leur table attirèrent son attention.

— Quelqu'un sait sûrement que j'*adore* le sel!

Jonathan riait lorsque Pascale se précipita à leur table. Elle vit que son assiette était couverte d'une montagne de sel.

— Le couvercle est tombé, expliqua Jonathan en désignant la salière vide sur la table. Ne t'en fais pas, Pascale, ce n'est pas grave, poursuivit-il d'un ton amical en secouant le sel qui recouvrait son hamburger. Ce n'est vraiment pas grave, répéta-t-il en fixant Caroline.

— *Moi*, je crois que c'est grave, siffla Caroline.

Elle avait le visage déformé par la colère. Des gouttes de moutarde parsemaient son chandail blanc.

— Laisse-moi deviner… Tu n'avais pas revisser les couvercles, n'est-ce pas?

Elle lança un regard furieux à Pascale en désignant le contenant de moutarde.

— Oh non! Je vais chercher des serviettes en papier! dit Pascale, paniquée.

Elle se dirigea vers les toilettes des dames.

«Naturellement, le distributeur est vide», pensa-t-elle en fouillant partout. «C'est bien fait pour Caroline, cependant», ne put-elle s'empêcher de penser. Elle trouva des serviettes dans une armoire sous le lavabo et se précipita vers la table de Caroline. Celle-ci bouillait toujours de rage.

— Désolée, dit-elle d'un ton peu convaincu en lui remettant les serviettes.

— Je crois que tu m'as suffisamment aidée aujourd'hui. Merci, dit Caroline d'un ton brusque en se dirigeant vers les toilettes d'un air indigné.

— Hé! Ne t'en fais pas, c'était un accident, dit Jonathan d'un ton sympathique lorsque Caroline fut partie.

Pascal sourit pour s'excuser. Elle cherchait quelque chose à dire lorsque soudain, toutes les conversations s'interrompirent dans le restaurant.

Une plainte envahit le silence…

… puis se changea en hurlements.

Pascale mit un moment à découvrir d'où venaient ces cris affreux. «Les toilettes des dames!» constata-t-elle, figée sur place.

Étaient-ce des cris de rage, se demanda-t-elle… ou de douleur?

Chapitre 4

— Mais qu'est-ce que ?... murmuraient les clients qui se levaient et se précipitaient dans la direction des cris.

Plusieurs personnes s'étaient rassemblées dans l'étroit corridor qui menait aux toilettes des dames.

Soudain, Lysanne, la meilleure amie de Caroline, bouscula les gens devant la porte et pénétra dans les toilettes, une autre fille sur ses talons, et claqua la porte. Au bout d'un moment, les cris cessèrent et les trois filles sortirent des toilettes, parlant à voix basse.

Les clients attendaient pour savoir ce qui s'était passé. Lysanne avait passé son bras autour de Caroline, qui pleurait doucement et secouait la tête.

— Les robinets... étaient inversés... et l'eau chaude s'est mise à couler, parvint à expliquer Caroline entre deux sanglots.

Puis, elle se calma. Elle inspira profondément et lança un regard furieux vers Pascale.

— Quelqu'un a inversé les robinets d'eau chaude et d'eau froide. J'aurais pu être *gravement* brûlée, dit

Caroline, hors d'elle. Tu as été dans les toilettes assez longtemps… C'EST TOI QUI AS FAIT ÇA ! ajouta-t-elle en pointant un doigt accusateur.

« Je voudrais disparaître », pensa Pascale, impuissante. C'était horrible. Tout le monde la dévisageait.

Mais le pire, c'était l'expression de Jonathan.

Sceptique.

Soupçonneuse?

Caroline jouait la grande scène. Trixie sortit de la cuisine pour savoir ce qui se passait.

— Chérie, tu es ébranlée, mais tu n'es pas blessée d'après ce que je peux voir, dit-elle enfin.

Tandis que la foule se dispersait, Pascale vit que Trixie l'observait dans l'embrasure de la porte de la cuisine. Elle attendit. Après un moment qui lui parut une éternité, Trixie se retourna et pénétra dans la cuisine.

« Comment cela a-t-il pu se produire? » se demanda Pascale. Puis, elle comprit. Caroline n'était pas vraiment blessée… « Elle a tout inventé pour se venger », pensa-t-elle, furieuse.

Caroline était-elle capable de poser un tel geste?

« Oui », se dit-elle fermement, elle en était capable.

— Comment s'est passée ta première journée de travail? demanda Carla en lui adressant un clin d'oeil tandis qu'elles nettoyaient à la fin de la soirée.

— Ce fut le pire cauchemar de ma vie ! répondit Pascale en soupirant d'un air mélancolique. Cet incident avec Caroline... Je sais qu'elle a tout inventé pour qu'on me croit coupable.

Carla la regarda, étonnée. Elle hésita un moment avant de parler.

— Pascale, tu exagères, dit-elle enfin en secouant ses boucles noires. Caroline était furieuse à propos de son chandail — et j'avoue qu'elle est un peu prétentieuse —, mais je suis certaine qu'elle aura tout oublié demain. C'est tout simplement ridicule de croire qu'elle a tout inventé pour qu'on te soupçonne.

— *Vraiment*, Carla, tu devrais la voir me suivre partout à l'école. Elle m'épie.

Elle s'arrêta brusquement en constatant que Carla la dévisageait, l'air perplexe. Elle devait admettre que ce qu'elle venait de dire semblait un peu étrange.

— Je suis peut-être trop nerveuse, dit enfin Pascale en haussant les épaules.

— Ne sois pas trop exigeante envers toi-même.

Carla sourit.

— À vrai dire, cet emploi n'est une partie de plaisir pour personne au début. Tu t'habitueras — il suffit de te détendre.

— Merci, dit Pascale d'un ton reconnaissant. Mais, ajouta-t-elle lentement, ce n'est pas seulement l'emploi. Ce n'est pas facile de recommencer à zéro dans une nouvelle école après le début de l'année scolaire, ni de déménager et de quitter mes amis. Mon père est mort il y a un an et durant des mois, ma mère n'a presque rien fait. Puis, tout à coup, elle s'est lancée dans un tas d'activités. Elle a décroché un emploi important dans cette ville et nous avons dû déménager. Au fait, elle est justement en voyage d'affaires. Elle sera absente durant deux semaines.

— Hé! C'est chouette! gloussa Carla. Mais, plus sérieusement, continua-t-elle avec sympathie, tu sembles avoir traversé une période difficile.

Elle lança l'éponge dans les airs et la rattrapa.

— Mais tu sais, poursuivit-elle, les jeunes de cette ville sont plutôt gentils — même Caroline. Je veillerai à ce que tu sois présentée à plusieurs d'entre eux. J'ai une idée! Caroline organise une soirée bientôt; ce serait l'endroit idéal pour rencontrer tout le monde.

Pascale eut le souffle coupé et constata que Carla plaisantait. Elles éclatèrent de rire.

— Laisse-moi faire, ajouta Carla en redevenant sérieuse. Je peux tout arranger entre Caroline et toi. Je m'occupe d'elle, dit-elle sur le ton de la confidence. De plus, on se fiche de ce qu'elle pense! L'important, c'est qu'elle organise des soirées du tonnerre!

— Salut les filles! cria Virginie en se dirigeant vers la porte. Pascale, ne t'en fais pas à propos de Caroline. C'est une… idiote, ajouta-t-elle en sortant. Bonne nuit!

«J'ai peut-être accordé trop d'importance à cet

incident avec Caroline», se dit Pascale un peu plus tard tandis qu'elle se tournait et se retournait dans son lit. «Après tout, Carla et Virginie n'ont pas semblé croire qu'il s'agissait de quelque chose de bien grave.»

Elle fit bouffer son oreiller et se retourna de nouveau.

Avant de sombrer dans un sommeil agité, Pascale se rappela ce que Carla avait dit à propos de Caroline: «Je m'occupe d'elle.»

«Qu'est-ce qu'elle a voulu dire?» se demanda Pascale.

Chapitre 5

Durant les jours qui suivirent, Pascale s'efforça de ne pas penser à Caroline — ni à Jonathan —, mais elle n'y parvenait pas toujours, surtout durant le cours de monsieur Dubois.

« Assez ! » se disait Pascale intérieurement. « Arrête de rêvasser et sois attentive ! Concentre-toi sur ton cours d'anglais ! » Malgré ses efforts, son esprit continuait à vagabonder ; elle repensait à l'incident qui s'était produit au restaurant.

« Au moins, j'en ai déjà appris beaucoup concernant le travail, pensa-t-elle. Et c'est grâce à Carla. Elle m'a vraiment donné un bon coup de main. »

Pascale sourit intérieurement en pensant à quel point Carla avait été gentille.

« Depuis une semaine, elle m'a présentée à plus d'élèves que je n'en avais rencontré depuis mon arrivée. »

Son travail au restaurant était également un bon moyen de connaître des gens. Cependant, il semblait toujours s'y passer quelque chose d'un peu bizarre. L'autre jour, par exemple, un client avait trouvé ce message griffonné sur sa serviette de table : *Tu te trouves amusant? TU POURRAIS BIEN MOURIR DE RIRE !* Puis, il y avait eu la teinture rouge dans le contenant de savon des toilettes des dames. Cette pauvre fille semblait avoir les mains maculées de sang.

Pascale regarda par la fenêtre et continua à songer aux choses insolites qui se déroulaient au restaurant, les yeux dans le vague. La voix du professeur n'était plus qu'un lointain bruit de fond.

Clac ! La règle de monsieur Dubois s'abattit sur le pupitre à quelques centimètres de la main de Pascale, faisant bondir cette dernière sur sa chaise.

— Oh ! mademoiselle Marceau. Je vois que notre bataille contre votre rêvasserie est perdue d'avance.

Il lui adressa un sourire empreint d'une gentillesse exagérée.

Les élèves gloussèrent.

— Remettez-moi tous vos réponses aux questions apparaissant à la fin du chapitre lundi. Le cours est terminé !

Monsieur Dubois glissa brusquement son porte-documents sous son bras et sortit rapidement.

« Oh non ! De *quel* chapitre s'agit-il ? » se demanda Pascale, désespérée.

La cloche retentit et les élèves quittèrent rapidement la classe. Pascale tentait d'attirer l'attention de quelqu'un, mais sans succès. « Voilà Julie Machin Chouette. Je vais lui demander de quel chapitre il s'agit », se dit Pascale en se hâtant pour rattraper une grande fille maigre portant un chandail bleu.

Mais Caroline lui bloqua le passage. « Qu'est-ce qu'elle veut encore? J'en ai assez d'elle! » pensa Pascale en la poussant.

— Attends! Il faut que nous parlions.

Caroline courait derrière elle, le regard brillant et anxieux, la mine un peu tendue.

— Je veux m'excuser pour la façon dont j'ai agi, dit-elle. Je me suis laissé emporter; je n'aurais pas dû. Tu veux bien me pardonner? De plus, s'empressa-t-elle d'ajouter, je sais que c'est un peu à la dernière minute, mais je voulais t'inviter à la soirée que j'organise samedi soir. Est-ce que tu n'as pas un cours d'aérobic maintenant?

— Oui, répondit Pascale d'un ton hésitant.

« Qu'est-ce qu'elle mijote? se demanda-t-elle. C'est trop beau pour être vrai. »

— Allez, je vais te donner tous les détails pendant que nous nous rendons au gymnase. Ce ne sera rien d'extraordinaire, continua Caroline. Ma tante me permet de recevoir mes amis au restaurant et presque toute la classe sera là. Tu viendras aussi et nous deviendrons les meilleures amies du monde.

Elle sourit.

— Tu plaisantes? demanda Pascale, incrédule.

« Je ne sais même pas si je *veux* être ton amie », pensa-t-elle. Pourtant…

— Je suis sérieuse, déclara Caroline d'un ton solennel. Juré!

— Très bien, alors, fit Pascale en lui serrant la main. Au fait, Caroline, dit-elle tandis qu'elles se dirigeaient vers le vestiaire, à propos du devoir d'anglais, de quel chapitre s'agit-il?

— Tu n'as qu'à choisir l'une des questions à la fin du chapitre cinq, répondit Caroline en souriant.

— Merci, répondit Pascale en marchant vers son casier.

«Tout semble s'arranger», pensa-t-elle.

Plus tard, cependant, tandis que Pascale s'échauffait au son de la musique, le doute l'envahit de nouveau; elle s'efforça toutefois de chasser ses sombres pensées de son esprit. «Oublie ce qui s'est passé; tout ira bien maintenant», se dit-elle joyeusement en s'étirant vers le plafond.

Le rythme de la musique était plus rapide et Pascale pressa la cadence. Ce cours lui faisait toujours oublier ses soucis.

«Caroline n'est pas très douée pour la danse», remarqua-t-elle en observant les mouvements maladroits de la fille blonde. «Elle y met pourtant du coeur.» Pascale se retint pour ne pas rire. «Les mouvements sont censés être gracieux, pensa-t-elle, mais Caroline a l'air de quelqu'un qui se noie et qui appelle frénétiquement à l'aide.»

«Carla!» se dit-elle soudain. Bien sûr! Carla devait avoir parlé à Caroline et tout arrangé!

Au fait, *où* était Carla? Pascale promena son regard dans la salle. Elle avait dû sécher ses cours une fois de plus... Mais pourquoi?

Ce fut la dernière chose à laquelle pensa Pascale avant qu'une douleur lancinante se fasse sentir dans sa tête. Puis, tout devint noir.

Chapitre 6

— Salut Pascale !

Caroline poussa un petit cri d'enthousiasme en ouvrant la porte du restaurant.

— Hé ! tout le monde ! La soirée peut maintenant commencer ! L'invitée d'honneur est arrivée !

Elle tira Pascale par le bras et l'entraîna avec elle.

Pascale se sentit soudain étourdie. Une lumière pâle et argentée baignait la pièce où se trouvaient les invités. Le restaurant semblait tourner comme un manège. Tout était flou et confus. Pascale appuya ses mains sur ses tempes.

— Ma tête… J'ai mal.

— Oh ma chère ! dit Caroline avec entrain. C'est probablement à cause de ta chute au gymnase.

Elle fit un petit geste de la main.

— Cette soirée est tout ce dont tu as besoin pour oublier ce vilain mal de tête. Nous t'attendions pour que tu sois la première à goûter au punch.

Elle poussa Pascale au centre de la pièce où les

autres invités formaient un cercle autour d'un bol en cristal.

«Quelque chose ne va pas», se dit Pascale en sentant la main de Caroline se resserrer sur son bras. Ce sourire étrange sur les lèvres de Caroline et de ses amis… et leurs yeux qui brillaient…

— Non! Je ne veux pas être la première. Laissez-moi sortir! hurla Pascale en se débattant pour s'enfuir.

— GOÛTE AU PUNCH! GOÛTE AU PUNCH! scandaient les invités.

On lui plongea le visage dans le liquide rouge. Pascale suffoquait.

Puis, horrifiée, elle comprit que ce n'était pas du punch, mais du sang!

Bien que se débattant désespérément, elle se sentait faiblir. «Si on ne me laisse pas respirer, pensa-t-elle, je ne tiendrai pas longtemps.»

Juste au moment où Pascale croyait qu'elle allait mourir, on cessa d'appuyer sur sa nuque et elle put relever la tête. Elle s'effondra sur le sol et appuya sa tête sur ses bras en prenant de profondes inspirations.

— Punch! Punch! Non, non… pas de punch! marmonna-t-elle en levant les yeux vers les visages qui l'entouraient.

On semblait vouloir lui parler, mais un vacarme assourdissant lui emplissait la tête.

— Reculez, les filles, et laissez-la respirer. Elle revient à elle! C'est tout un coup que tu as eu sur la tête, entendit-elle quelqu'un dire.

Elle cligna des yeux. «Pourquoi la lumière est-elle si vive?» se demanda-t-elle.

Puis, elle vit le visage de mademoiselle Cloutier. «Je suis au gymnase», constata-t-elle. Elle sentait le sol dur sous son dos.

«Quelque chose s'est passé… et je suis tombée.»

— Aïe! J'ai mal à la tête, grogna-t-elle en pressant une main contre son front.

Caroline était penchée au-dessus d'elle.

— J'étais si inquiète, commença-t-elle. C'était un accident, tu sais. Tout le monde sautait et nous devions nous retourner. J'étais devant toi et nous nous sommes heurtées. Puis, tu es tombée.

Mademoiselle Cloutier fixa Caroline durant un instant. Elle semblait réfléchir à quelque chose.

— Écoutez, tout le monde, dit-elle enfin. Tirez profit de cet accident. Faites toujours attention aux personnes devant ou derrière vous ou à côté de vous. Un accident peut entraîner des blessures aussi graves que si elles étaient infligées délibérément.

Elle regarda Caroline d'un air plein de sous-entendus.

— Maintenant, vous pouvez allez prendre une douche!

Le professeur tapa des mains et les filles se dirigèrent vers le vestiaire.

Pascale enfouit sa tête dans ses mains.

— Veux-tu que je téléphone à tes parents? demanda mademoiselle Cloutier.

— Non, non, murmura Pascale. Ma mère est en voyage d'affaires, de toute façon.

Elle se leva lentement et eut du mal à garder son équilibre.

Caroline se précipita à ses côtés.

— Je vais t'aider! Ne vous inquiétez pas, mademoiselle Cloutier, je vais prendre soin de mon amie, dit-elle avec empressement.

— Bien… je ne sais pas.

Le professeur semblait perplexe.

— Je vous en prie! gémit Caroline.

— Tu pourrais simplement m'aider à me rendre au vestiaire, Caroline, dit Pascale d'une voix faible. Je voudrais me changer.

«Tout ceci n'est qu'un accident, se dit-elle. Il le faut. La salle était bondée, toutes les élèves suivaient la musique sans trop prêter attention à ce qu'elles faisaient. C'est peut-être autant ma faute que celle de Caroline.»

— D'accord, approuva mademoiselle Cloutier. Caroline, donne un coup de main à Pascale. Mais je t'en prie, sois prudente.

Caroline saisit Pascale par le bras et la guida vers le vestiaire.

— Je veux que tu viennes à mon bureau avant de partir, Pascale. Tu verras un médecin, au cas où… cria le professeur derrière elles.

— Très bien, cria Pascale à son tour.

«Aïe! Ça fait mal quand je parle fort», constata-t-elle soudain.

Caroline aida Pascale à rassembler ses affaires. Pascale s'habilla lentement. Elle se sentait encore un peu étourdie. Après s'être changée, elle peigna doucement ses cheveux, s'efforçant de ne pas toucher à la bosse sur sa tête.

Caroline apparut derrière elle, silencieuse. Pascal vit son reflet dans le miroir. Un large sourire éclairait son visage.

— J'espère que le médecin dira que ce n'est pas grave, dit-elle. Je ne voudrais pas que *quoi que ce soit* t'empêche de venir à ma soirée.

Chapitre 7

Samedi matin, Pascale s'assit dans son lit et s'étira prudemment.

«Pas de signe de mal de tête pour le moment», constata-t-elle. Le jour précédent, elle avait eu terriblement mal, comme si quelqu'un frappait deux casseroles l'une contre l'autre dans sa tête.

Le médecin lui avait dit que ce n'était rien de grave tout en lui recommandant de se reposer.

«Quelle heure est-il donc?» se demanda-t-elle en se retournant pour regarder le réveil.

C'est alors que le téléphone sonna. Pascale étira un bras et décrocha sans se lever.

— Allô?

Elle savait qu'elle avait encore la voix endormie.

— Hé! paresseuse! Debout là-dedans! C'est Carla.

— J'avais deviné, dit Pascale en tirant les couvertures.

— J'ai eu l'idée de te faire visiter la ville, continua Carla. Si tu es en forme, bien sûr. Il paraît que tu as effectué tout un plongeon au gymnase, l'autre jour.

— Ouais, je suis restée couchée toute la journée hier. J'avais très mal à la tête. Je déteste manquer un jour de classe.

Carla gloussa.

— Vraiment? Je parie que tu n'as pas manqué grand-chose. Alors… qu'est-ce que tu veux faire?

— Bien… hésita Pascale, je ne sais pas si je devrais sortir. Il faut que je range un peu et j'ai des devoirs à faire.

— Allez, c'est samedi. Je peux te ramener à la maison assez tôt pour ton ménage et tes devoirs.

— Laisse-moi réfléchir, dit Pascale.

Elle jeta un coup d'oeil au réveil. Il était déjà presque onze heures! Si elle sortait, elle n'aurait sûrement pas le temps de faire tout ce qu'elle avait à faire et la soirée de Caroline avait lieu ce soir. Toutefois, elle était restée à la maison toute la journée la veille et elle avait très envie de sortir. «Je me rattraperai demain», décida-t-elle soudain.

— D'accord pour visiter la ville. Mais, Carla, pas en motocyclette. Je suis trop secouée.

— Pas de problème, dit Carla en riant. J'avais prévu sortir en voiture de toute façon. Je serai chez toi dans une demi-heure exactement.

Carla tint parole et arriva trente minutes plus tard, ce qui surprit un peu Pascale. Elle n'aurait pas cru que Carla fût une fille ponctuelle.

Elles roulèrent dans les rues de la ville durant près d'une heure. Carla indiqua à Pascale où étaient situés les différents endroits à connaître: le centre commercial, le bowling, la billetterie pour les concerts rock, etc.

— Voilà le bar laitier, dit Carla en désignant une petite bâtisse de briques au toit rouge.

Au-dessus de la porte se trouvait un clown au large sourire tenant un cornet de crème glacée dans chaque main.

— La crème glacée y est délicieuse et c'est l'endroit où aller quand on ne veut pas être vu chez Trixie, si tu vois ce que je veux dire, expliqua Carla en faisant un clin d'œil.

— Bien, je ne vois pas ce que tu veux dire, admit Pascale.

Carla secoua la tête.

— Pascale, Pascale ! C'est là qu'il faut aller avec ton petit ami numéro deux quand tu ne veux pas être surprise par ton petit ami numéro un. Par contre, c'est plutôt difficile de garder un secret dans cette ville ; en fait, le bar laitier et le restaurant de Trixie sont les seuls endroits que fréquentent les élèves de la polyvalente, expliqua-t-elle en riant.

— Formidable, dit Pascale d'un ton mécontent.

Elle regarda Carla du coin de l'oeil. Celle-ci paraissait si sûre d'elle. Elle était jolie, amusante et populaire. La vie semblait être un jeu pour elle. Cependant, il y avait des moments où Pascale décelait une certaine tension chez elle, malgré son allure désinvolte. On aurait dit que Carla en faisait un peu trop pour s'amuser à tout prix.

— Carla, qu'est-ce qui est arrivé ici? demanda Pascale lorsqu'elles passèrent devant un restaurant *drive-in*. On dirait que c'est fermé, mais comment est-ce possible dans une ville qui ne compte que deux restaurants?

Carla ne sembla pas entendre la question.

— Hé, as-tu décidé d'aller à la soirée de Caroline? demanda-t-elle au bout d'un moment.

«L'histoire de ce restaurant n'est probablement pas très intéressante, de toute façon», se dit Pascale.

— Bien, elle m'a invitée après tout et elle prétend qu'elle veut que nous soyons amies, comme tu l'as dit. Qu'as-tu donc fait pour la convaincre?

— Je lui ai tordu le bras, dit Carla en riant. Non, sérieusement, je n'ai rien fait. Je te l'ai dit, Caroline est peut-être gâtée, mais ce n'est pas un monstre. Et non seulement donne-t-elle des soirées fantastiques, mais elle en donne *souvent*.

— Ainsi, tu ne crois pas qu'elle prépare quelque chose, que c'est un coup monté?

— Honnêtement Pascale, je ne le crois absolument pas. De plus, Jonathan sera là, au cas où ça t'intéresserait de le savoir, dit Carla en lui jetant un regard plein de sous-entendus.

«Super… Tout le monde a probablement remarqué que Jonathan me plaît.»

Ce fut maintenant au tour de Pascale de changer de sujet.

— Je vais te dire ce que je voudrais savoir: où étais-tu quand je suis tombée durant le cours d'aérobic l'autre jour? Je sais que je t'ai vue à l'école plus tôt cette journée-là, mais tu n'étais pas au cours.

«Je n'ai pas choisi le bon sujet de conversation», constata Pascale immédiatement lorsqu'elle vit l'expression ennuyée de Carla.

— Qui es-tu? Un détective? demanda Carla brusquement.

— Je suis désolée; je ne croyais pas que cela était important, répondit doucement Pascale, décontenancée.

— Écoute, je suis navrée; je ne sais pas ce que j'ai. Je sais bien que je ne devrais pas sécher mes cours, mais j'ai autre chose en tête. Il y a des choses auxquelles je dois réfléchir. Je ne veux pas en parler maintenant, mais je suis désolée, vraiment.

Carla s'était retournée légèrement pour regarder Pascale et avait quitté la route des yeux durant un instant. Du coin de l'oeil, Pascale regarda, horrifiée, un camion à dix-huit roues qui fonçait à toute allure dans l'intersection, brûlant un feu rouge.

— Carla, attention! cria Pascale.

Tout arrivait très vite, mais, étrangement, les choses semblaient se passer au ralenti. Le camion continua en ligne droite jusqu'au moment où il fut presque devant la voiture de Carla. Pascale entendit un coup de klaxon strident et vit le chauffeur se pencher par la vitre, rouge de colère, vociférant contre elles.

Carla réagit, resserrant les mains autour du volant et serrant les dents, tellement elle se concentrait.

Toutefois, la collision semblait inévitable. Une pensée traversa alors l'esprit de Pascale. « Par chance, nous avons bouclé nos ceintures de sécurité. »

La voiture fit une embardée lorsque Carla donna brusquement un coup de volant. Puis, il y eut un terrible grincement quand elle appuya sur les freins.

Chapitre 8

«Nous l'avons échappé belle», se dit Pascale intérieurement, assise devant le miroir de sa coiffeuse le soir venu. C'était presque un miracle que Carla soit parvenue à éviter le camion. La voiture n'avait même pas une égratignure.

«Le chauffeur était très en colère, même si tout ça était sa faute. Il sera peut-être plus prudent à l'avenir», se dit-elle. Elle sourit. Que leur avait-il crié? «Ce n'était sûrement pas aussi grossier que ce que Carla lui a crié à son tour...»

Elle ouvrit son coffret à bijoux. «Je me demande ce que portera Caroline», pensa-t-elle en tripotant une boucle d'oreille.

«J'aimerais ne pas me sentir aussi énervée en pensant à cette soirée. Peut-être y a-t-il vraiment quelque chose qui ne va pas chez moi. Même maman m'a fait remarquer que je semblais un peu nerveuse avant son départ.»

Elle scruta son regard dans la glace.

«Ce n'est pas en me regardant dans le miroir que je trouverai la réponse», pensa-t-elle en secouant la tête avec impatience. «Je devrai faire attention à propos de Jonathan. Je ne veux pas avoir l'air d'une idiote en me pâmant devant lui. Ce ne serait pas gentil, de toute façon, puisque c'est Caroline qui m'a invitée à sa soirée. Pourtant...»

Pascale se permit de penser à Jonathan durant un moment. Elle ferma les yeux et l'imagina, grand, blond, vêtu simplement, une expression rêveuse et lointaine dans le regard. Il la guidait vers la piste de danse et la prenait dans ses bras.

Puis, il relevait doucement son menton et se penchait, son visage s'approchant du sien. Elle pouvait presque sentir ses lèvres sur les siennes...

Tout à coup, le visage de Caroline, déformé par la colère, vint chasser son heureuse vision. Son expression paraissait menaçante dans l'esprit de Pascale. Elle n'avait rien d'une princesse. On aurait plutôt dit une sorcière.

Pascale sursauta lorsque la sonnerie du téléphone retentit, la ramenant à la réalité. Le téléphone sonna une deuxième fois avant qu'elle ne décroche le récepteur de l'appareil posé sur sa table de chevet.

«C'est peut-être maman», pensa-t-elle.

— Allô?

Silence.

— Allô? répéta-t-elle.

Elle savait que quelqu'un était au bout du fil. Elle entendait un souffle.

— Allô? dit-elle une dernière fois avant de raccrocher.

« Probablement des enfants », pensa-t-elle. Cependant, elle n'aimait pas recevoir des appels de ce genre — surtout lorsqu'elle était seule à la maison.

Pascale soupira. « Plus de rêveries », se dit-elle. Elle se dirigea vers sa garde-robe et en fit la revue. « Qu'est-ce qu'on doit porter lors d'une soirée comme ça? » se demanda-t-elle en touchant chaque vêtement. « Cette robe rose au décolleté arrondi? Non, j'aurai l'air de faire une présentation de collection. Ce tricot vert? Non, j'aurai l'air d'une guide. Que porterait Carla? »

« Rien qui se trouve dans cette garde-robe, pensa-t-elle. Comment puis-je espérer que Jonathan — non, pas Jonathan, mais un autre garçon — me remarque avec cette garde-robe de petite fille modèle? »

« Une minute! » Elle se rappela soudain le chandail en cachemire blanc qui glissait légèrement de ses épaules. Elle ne l'avait pas encore porté, le gardant pour une occasion spéciale. Elle se précipita vers sa commode. « Oui! » pensa-t-elle avec excitation. « Ça donnera une touche d'élégance à mes jeans noirs et à mes bottillons de suède. »

« Maintenant, je dois choisir un bijou. » Elle tint le chandail élevé devant elle, s'efforçant de déterminer ce qui le mettrait en valeur.

Le téléphone sonna de nouveau. Cette fois, Pascale le laissa délibérément sonner deux autres coups avant de décrocher.

— Allô?

C'était toujours le silence à l'autre bout du fil. Pascale commençait à en avoir assez.

— Allô? Écoutez, ce n'est pas drôle... Vous n'avez pas le bon numéro ou quoi?

— Non, je connais très bien ton numéro, répondit la personne qui appelait.

Sa voix semblait voilée.

— Tu n'es pas une bonne serveuse, Pascale. J'essaie d'attirer ton attention, mais tu refuses de me voir. Très bientôt, je devrai poser un geste radical.

Pascale raccrocha violemment le téléphone.

— Petits malins! marmonna-t-elle d'un ton furieux.

Elle tenta de chasser l'appel de son esprit tout en se préparant pour la soirée. Elle se sentait toutefois crispée et entendait des bruits qu'elle n'avait jamais entendus auparavant, comme le tic-tac de l'horloge ou le chuintement de la chaudière. Elle avait hâte de sortir de chez elle. Enfin, elle fut prête à partir.

«Bien», pensa-t-elle en contemplant son reflet dans le miroir. Ses cheveux brillants tombaient en vagues sur ses épaules; le chandail et les jeans mettaient en valeur sa silhouette mince. «Je n'ai rien d'une guide», se dit-elle.

Zut! Le téléphone sonnait encore une fois. Elle marcha rapidement vers la table de chevet et saisit le récepteur.

— Laissez-moi tranquille! dit-elle d'un ton furieux.

— Hein? Hé! un instant!

C'était une voix douce et masculine à l'autre bout du fil.

— C'est bien la résidence de Pascale Marceau?

— Oh! Euh… oui, c'est Pascale.

— Salut, Pascale. C'est Jonathan. Quelque chose ne va pas?

— Je suis navrée. Quelqu'un appelle ici pour jouer des tours.

«Et je me sens *ridicule*», eut-elle envie d'ajouter. «Quelle surprise!» pensa-t-elle.

— Oh! je déteste ce genre de plaisanterie. C'est vraiment très enfantin. Je voulais seulement savoir si tu avais décidé d'accepter l'invitation de Caroline. Si non, j'aimerais te convaincre d'accepter.

— Justement, j'ai décidé d'y aller.

— C'est super! Je suis content de savoir qu'on se verra là-bas.

Il y eut un silence embarrassé.

— J'aurais également voulu te demander si tu avais quelqu'un pour t'y conduire, ajouta enfin Jonathan, mais ma voiture est en réparation. Je suppose que mon appel te paraît un peu étrange, mais je serai ravi de te voir tout à l'heure.

Pascale était heureuse, mais gênée.

— Je m'habillais.

— Oh! Je te laisse alors. Salut!

— Salut!

Pascale raccrocha.

«Idiote!» pensa-t-elle immédiatement. «Pourquoi ne pas lui avoir offert d'aller *le* chercher en voiture? Maintenant, il pense probablement que tu tentais de te débarrasser de lui. De toute façon, il n'y a rien que tu puisses faire pour le moment, mais essaie de te rattraper plus tard. »

L'appel de Jonathan l'avait rendue joyeuse. Elle s'empara du bâton de rouge à lèvres rose qu'elle portait habituellement, puis le reposa. « Ce soir, je serai différente », décida-t-elle en choisissant un rouge qu'elle avait acheté il y avait déjà quelque temps, mais qu'elle n'avait jamais eu l'audace de porter. « Oui, ce sera parfait pour ce soir », se dit-elle en appliquant soigneusement le rouge vif sur ses lèvres.

Chapitre 9

Inspirant profondément, Pascale ouvrit la porte du restaurant et entra.

L'endroit avait été transformé pour la soirée de Caroline. Des effets d'éclairage avaient été réalisés grâce à des filtres colorés qui plongeaient successivement la pièce dans le rouge, puis dans le rose.

Pascale se fraya un chemin parmi la foule, souriant et faisant des signes de tête en guise de salut. Elle poussa un soupir de soulagement en remarquant comment les autres invités étaient vêtus. «Au moins, je porte des vêtements de circonstance», pensa-t-elle. Plus elle approchait de la piste de danse, plus elle sentait son corps vibrer au son de la musique. Un orchestre avait pris place dans un coin de la salle et jouait un rock endiablé. Des couples étaient entassés et tournoyaient sur la piste de danse.

«C'est bruyant, se dit Pascale. Mais c'est parfait pour la danse. Et tant que je resterai à proximité de l'orchestre, je n'aurai pas à chercher quoi dire — personne ne pourrait m'entendre de toute façon.»

L'orchestre annonça une pause et Pascale se dirigea vers la table des rafraîchissements.

Un garçon portant un costume de chauve-souris avec d'énormes ailes et un masque était appuyé sur la table. Tandis que Pascale approchait, il se mit à gratter dans le vide comme s'il jouait de la guitare et fredonna un air romantique.

Quelques-uns des invités se mirent à rire. «Il y en a un dans chaque réception», pensa Pascale en souriant.

La chauve-souris retira son masque et sourit.

— Tu te souviens de moi? demanda le garçon.

— Bien sûr, répondit Pascale.

«C'est Jean Machin Chouette; il est dans mon cours de biologie.» Il faisait toujours quelque chose de bizarre pour attirer l'attention.

— Tu veux goûter au punch? demanda Jean.

Pascale acquiesça et prit un verre. «Le bol à punch est en cristal», constata-t-elle en le fixant. «Exactement comme dans le cauchemar que j'ai fait après être tombée au gymnase.»

La musique recommença. Pascale sourit à Jean, le bouffon de la classe, et partit à la recherche de l'hôtesse. Elle repéra finalement la chevelure blond pâle de Caroline. Elle était debout près de l'orchestre et Pascale se dirigea vers elle pour la saluer.

Lorsqu'elle lui tapota l'épaule, Caroline se retourna; le sourire de bienvenue qu'elle avait déjà sur les lèvres se figea. Caroline dit quelque chose que Pascale ne put comprendre en raison de la musique très forte. Cela semblait se terminer par «que tu sois là».

— Oui, je viens juste d'arriver. Je ne suis pas en retard, n'est-ce pas? dit Pascale au hasard.

Caroline dit autre chose que Pascale n'entendit pas non plus. Elle crut comprendre « qui ». Caroline lui demandait peut-être qui elle voulait rencontrer.

— Je ne connais pas beaucoup de monde ici, mais ne t'en fais pas, ça ira, répondit-elle en espérant que sa réponse était appropriée.

Mais le sourire de Caroline devenait glacial. La chanson se termina.

— Pour qui te prends-tu? hurla Caroline avant que l'orchestre ne se remette à jouer.

Bon nombre de personnes se retournèrent pour voir ce qui se passait. Pascale entrevit Carla quelque part dans la foule.

Caroline dévisageait Pascale tandis qu'elles se dirigeaient vers la porte, suivies par un petit groupe d'amies de Caroline. Près de la porte, c'était moins bruyant. Caroline fixa Pascale d'un air furieux.

— D'abord tu m'ébouillantes, puis tu essaies de me voler mon petit ami. Comment oses-tu venir à ma soirée sans invitation? Je suppose que tu savais que Jonathan serait ici. Mais tu ne t'en sortiras pas comme ça. C'est *mon* petit ami. Maintenant, va-t'en avant qu'il n'arrive.

Pascale resta bouche bée durant un moment.

— Mais tu m'as invitée! dit-elle enfin.

Caroline secoua la tête avec incrédulité.

— Quel mensonge ridicule! Peut-être que la bosse que tu t'es faite sur la tête en tombant au gymnase t'a vraiment brouillé les esprits. Tiens, la porte est juste là.

Caroline s'éloigna, non sans avoir jeté un dernier regard méprisant à Pascale.

— Au fait, ne crois pas que j'ignore qui joue des tours aux clients de ma tante. C'est évident que c'est toi puisque tout a commencé à ton arrivée.

Elle laissa Pascale debout près de la porte. Les amies de Caroline la suivirent docilement, secouant la tête d'un air désapprobateur.

« Idiote », se dit Pascale, se sentant ridicule. « Elle a tout mis sur pied pour m'embarrasser. On dirait même que Carla était dans le coup — elle ne s'est pas portée à ma défense. Ainsi, elles avaient concocté un plan pour faire croire à tout le monde que j'étais venue sans invitation. J'ai mis du temps à comprendre ce qui se passait. »

Pascale sortit lentement, se sentant tour à tour abattue et furieuse. « C'est presque la pleine lune », remarqua-t-elle. Elle croisa les bras pour se protéger de l'air humide du soir. « C'est étrange », pensa-t-elle en regardant autour d'elle dans le stationnement. « Cet endroit n'a pas l'air aussi sinistre durant le jour. Pourquoi donc ai-je garé ma voiture si loin, près de la forêt ? » se demanda-t-elle, mal à l'aise.

Soudain, elle entendit un craquement venant de quelque part derrière les arbres.

Y avait-il quelqu'un ?

Puis, elle entendit un grattement et regarda dans la direction du bruit, mais ne vit rien.

« C'est probablement un animal — un écureuil ou quelque chose du genre », décida-t-elle en marchant vers sa voiture. « Qui sait? pensa-t-elle. Je suis si effrayée que j'ai peut-être imaginé ce bruit. »

Clic. Clic. Clop, clop, clop, clop.

« Non, ce n'est pas mon imagination. »

Il n'y avait pas d'erreur possible cette fois. Il s'agissait de pas. Ils ne venaient plus de la forêt, mais avaient maintenant atteint l'asphalte du stationnement.

CLOP CLOP CLOP CLOP...

Les pas s'approchaient, encore... et encore. Ils se dirigeaient droit vers elle.

Pascale se mit à marcher de plus en plus vite, puis courut en entendant les pas qui la poursuivaient. Elle atteignit sa voiture et fouilla pour trouver ses clés. Ses mains tremblaient tellement qu'elle n'arrivait pas à glisser la clé dans la serrure.

« Même si je crie, personne ne m'entendra à cause de la musique. » Elle tentait toujours désespérément d'insérer la clé dans la serrure lorsque des bras l'agrippèrent par derrière et une main se posa sur la sienne, lui arrachant ses clés.

Chapitre 10

Brusquement, la frayeur de Pascale fit place à la rage. Elle leva le coude et donna un bon coup dans les côtes de son agresseur. Elle le sentit lâcher prise et gémir lorsqu'elle le frappa.

— Aïe! l'entendit-elle haleter tandis qu'il reculait en titubant.

Pascale se retourna en cherchant les clés qu'il avait laissé tomber. Elle écarquilla les yeux d'horreur en reconnaissant son poursuivant.

— Oh! Jonathan! Oh non! Je suis si désolée!

Elle courut vers lui puis s'arrêta, ne sachant trop que faire. Jonathan lui fit un signe de la main.

— Ça va, ça va, dit-il faiblement.

Il s'appuya sur la voiture en se frottant les côtes.

— J'ai entendu des pas et je ne pouvais voir qui c'était... J'ai cru que quelqu'un me poursuivait, bredouilla-t-elle.

— Comme... comme je te l'ai dit, ma voiture est en réparation. J'ai marché et j'ai pris un raccourci dans la forêt. Puis, je t'ai vue, expliqua-t-il dans un grognement. Tu tremblais tellement, continua-t-il en se redressant prudemment.

Il inspira profondément.

— Ouf! Tu as un sacré coup droit!

— Oh! zut! Je suis vraiment navrée, répéta Pascale. J'aimerais bien pouvoir faire quelque chose.

— Ce n'est rien, je survivrai, dit Jonathan d'une voix mal assurée. Mais ne raconte pas à tout le monde que tu m'as presque mis *knock-out*, d'accord?

— Promis, répondit Pascale en souriant.

— Alors, qu'est-ce qui s'est passé? Tu ne vas donc pas à la soirée?

— Non, non. J'y suis déjà allée.

— Hum... Mon intuition me dit que quelque chose n'a pas tourné rond. Allons faire une promenade en voiture; tu me raconteras tout. Au fait, ça t'ennuie que je conduise?

Jonathan tendit la main pour qu'elle lui remette les clés.

— Tu sembles un peu nerveuse. Pourquoi n'irions-nous pas boire un cola quelque part?

— Mais ton rendez-vous avec Caroline? demanda Pascale en jetant un coup d'oeil vers le restaurant.

— Écoute, je n'ai pas de rendez-vous ce soir et je n'en ai jamais eu. Je me rendais simplement à la soirée, c'est tout. Je pourrai toujours revenir plus tard. Alors, d'accord? demanda-t-il en tendant de nouveau la main.

Quelques minutes plus tard, ils roulaient dans les rues de la ville. Pascale appuya sa tête contre la banquette. «Est-ce une coïncidence extraordinaire ou une grave erreur?» se demanda-t-elle.

Plus tard, ils étaient assis l'un en face de l'autre à une table du bar laitier. Jonathan commanda un lait battu au café.

— Je prendrai seulement un cola. Je n'ai pas vraiment envie de crème glacée ce soir, murmura-t-elle.

— Très bien, je veux que tu me dises exactement ce qui s'est passé à la soirée.

Jonathan posa sa main sur celle de Pascale.

Durant un instant, Pascale ne put penser à rien, sauf à la main de Jonathan sur la sienne.

— Allez, ça ne peut pas être si terrible, insista Jonathan en serrant sa main plus fort.

«Non, il ne faut pas que je rougisse», pria Pascale. Mais elle sentait son visage s'enflammer. Elle fixa la table et prit une grande inspiration.

— Caroline m'a accusée devant tout le monde de m'être présentée à sa soirée sans invitation.

Pascale mit Jonathan au courant de sa chute au gymnase.

— Elle prétend qu'à cause de ça, j'ai imaginé qu'elle m'avait invitée, bien que je pense qu'elle l'ait dit seulement pour être sarcastique. Enfin, ce n'est tout de même pas possible, n'est-ce pas?

— Oh! voyons! Je ne pense pas, dit Jonathan tristement. De toute façon, Caroline aurait dû t'accueillir à bras ouverts. Après tout, tu es nouvelle dans cette ville. Ce qu'elle a fait est... dégoûtant.

Ses yeux lançaient des éclairs.

— Dégoûtant, répéta une voix derrière eux.

Jonathan et Pascale se retournèrent et aperçurent Caroline en compagnie de quelques-unes de ses copines.

— Je vais te dire ce que *je* trouve dégoûtant.

Les yeux de Caroline flamboyaient.

— Tu devrais être à ma soirée, avec moi, et je te trouve avec *elle*! Comment oses-tu me faire faux bond?

Sans attendre de réponse, Caroline se retourna et s'éloigna du couple étonné, claquant la porte si violemment derrière elle et son petit groupe que la vitre en vibra.

— Petite fille gâtée, marmonna Jonathan.

Il retira sa main et la passa dans ses cheveux.

— C'est ridicule, je n'arrive pas à le croire, murmura-t-il d'un ton exaspéré.

Pascale fixa la table, bougeant son verre de cola dans tous les sens.

— Caroline semble convaincue que vous aviez rendez-vous, dit-elle doucement.

— Mais ce n'est pas vrai, protesta Jonathan. Caroline et moi faisons partie de la même bande depuis des années. Elle ne s'était jamais intéressée à moi avant cette année, lorsqu'elle m'a demandé pour sortir avec elle un soir où elle était déprimée. Nous nous sommes bien amusés lors de notre première sortie, alors je l'ai invitée à mon tour le jour où tu as commencé à travailler au restaurant. C'était notre deuxième rendez-vous. Depuis, je ne sais pas...

Jonathan semblait troublé.

— Elle s'est mise à me dire que *nous* avions prévu de faire ceci ou cela alors qu'il n'en était rien. Je n'aimais pas la façon dont elle dirigeait tout, me questionnant et me suivant sans arrêt. Elle a même commencé à poser des questions à mes amis, des questions insensées.

Il fit une pause.

— Je ne voulais pas la blesser, continua-t-il, alors j'ai tenté de lui faire comprendre doucement que nous devrions être seulement amis. Elle a dit qu'elle était d'accord, alors j'ai accepté d'aller à sa soirée… et c'est la première fois que j'entends parler de ce rendez-vous. Vraiment. Je vais parler à Caroline et éclaircir tout ça.

Pascale demeura silencieuse durant une minute, réfléchissant à l'explication de Jonathan. Celui-ci semblait très sincère.

— Bien, je sais que Caroline ne lâche pas facilement, dit-elle enfin.

— C'est vrai, approuva-t-il. Tout ceci n'est qu'un terrible malentendu. De toute façon, jamais je ne ferais faux bond à une fille. L'une des choses que tu dois savoir à mon sujet est que je suis un vrai gentleman.

Il sourit.

— Voilà une qualité que bon nombre de filles apprécient, le taquina Pascale en souriant d'un air espiègle.

Puis, une autre pensée surgit dans son esprit. Elle regarda autour d'elle dans le bar laitier bondé.

— Jonathan, si le bar laitier et le restaurant de

Trixie sont les deux seuls endroits où l'on peut manger en ville, pourquoi le *drive-in* a-t-il fermé ses portes? La nourriture y était-elle si mauvaise? Ça semblait être un endroit charmant.

Jonathan se redressa.

— Il y a eu un accident, marmonna-t-il. Hé, je n'ai pas envie de parler de cette chose épouvantable, dit-il soudain en adressant à Pascale un sourire qu'elle trouva irrésistible. Je veux te convaincre que je suis un garçon vraiment amusant. De plus, j'ai maintenant envie que l'on parle de *toi*.

— D'accord, d'accord, tu m'as convaincue.

Pascale sourit.

« Tu es certainement un garçon charmant, Jonathan Trudel », dit-elle intérieurement.

« Tu es amusant, séduisant et gentil... »

« ... et je parie que tu me caches quelque chose. »

Chapitre 11

Pascale marchait d'un pas léger dans le hall en se rendant à sa classe le lundi matin. Elle jeta un coup d'oeil autour d'elle, espérant croiser Jonathan. Elle pensait constamment à lui depuis samedi soir.

« Qu'il sait bien écouter ! pensa Pascale. Certains garçons font semblant d'être attentifs, mais je sens que Jonathan se concentre vraiment sur ce que je dis et qu'il s'efforce de comprendre. » Elle sourit en se rappelant la façon dont il lui avait pris la main.

« Oh oh ! », pensa-t-elle en apercevant un petit groupe. « Voilà le comité d'accueil. » À mi-chemin dans le hall, sous la grosse horloge, se trouvait Caroline, entourée de quelques-unes de ses amies.

Durant un moment, Pascale eut l'intention d'emprunter un autre corridor afin d'éviter la confrontation qu'elle redoutait.

« Non ! se dit-elle furieusement. Je n'ai pas peur d'elle et je ne lui donnerai pas le plaisir de croire qu'elle me fait fuir. »

— Hé ! regardez qui est là ! dit Caroline en voyant approcher Pascale. Je veux te parler tout de suite !

— Eh bien ! moi, je ne veux pas te parler.

Pascale conserva son calme et se prépara à continuer son chemin. Mais Caroline et ses amies formèrent un petit cercle autour d'elle.

— Ainsi, tu ne t'es pas contentée de venir à ma soirée sans y être invitée. Essayer de me voler mon petit ami n'est pas une bonne idée, pas une bonne idée du tout.

La voix de Caroline était calme et elle fixait Pascale d'un regard glacial.

— Ôte-toi de mon chemin, Caroline, ordonna Pascale d'un ton ferme.

Elle tenta de s'éloigner, mais Caroline se planta devant elle. Elle tremblait de rage et semblait presque complètement hors d'elle. Durant un moment, Pascale crut que Caroline allait la frapper ou la pousser.

— Pauvre conne ! siffla-t-elle plutôt.

Pascale entendit un rire discret derrière elle et reconnut la voix chantante de Virginie.

— Quelle performance, Caroline !

— Occupe-toi de tes oignons, mademoiselle rat de bibliothèque, dit Caroline d'un ton brusque. C'est *personnel*.

Virginie sourit et secoua la tête, feignant de ne pas comprendre.

— Oh ! je ne savais pas. Je ne croyais pas qu'on pût discuter de quelque chose de *personnel* en plein milieu d'un couloir. Au fait, j'ai entendu parler de ce qui s'est passé à ta soirée. Si le mensonge fait allonger ton nez, tu auras certainement besoin de payer une visite à ma mère très bientôt. Excusez-nous, euh, mesdemoiselles.

Virginie sourit tandis qu'elles s'éloignaient de Caroline, qui était rouge de colère.

— Ma mère est plasticienne. Elle refait des nez et tout. La plupart des élèves le savent. D'habitude, je n'aime pas être si méchante, mais Caroline est tellement… détestable. On m'a raconté ce qui s'est passé à sa soirée.

— Elle est détestable, c'est vrai, approuva Pascale.

Elle s'arrêta pendant que Virginie ramassait une disquette qui était tombée de son sac.

— Tu fais tes devoirs sur disquette? demanda Pascale, étonnée.

— Oh non! pas généralement. C'est seulement pour cet important projet auquel je travaille, répondit Virginie d'un ton désinvolte en se redressant.

Elles croisèrent Carla, qui allait dans la direction opposée. Elle les salua joyeusement toutes les deux. Virginie lui fit un signe de la main, mais Pascale fit mine de ne pas l'avoir vue.

— Les nouvelles circulent tellement vite ici… Je suppose que tout le monde pense que je me suis présentée à la soirée de Caroline sans invitation, murmura-t-elle à Virginie.

— Ce n'est pas tout le monde qui prête attention aux propos de Caroline, répondit Virginie. Moi, par exemple, je ne l'écoute pas. De toute façon, je ne voudrais même pas qu'on m'invite à une soirée avec cette bande… Regarde-les, dit-elle en jetant un coup d'œil à Caroline et à ses amies.

Celles-ci acquiesçaient vigoureusement aux paroles de Caroline, qui semblait toujours déblatérer. «Elles ressemblent à ces petites poupées qui ont un ressort dans le cou qui leur permet de baisser et de lever la tête», pensa Pascale.

Plus tard, durant le cours d'anglais, elle pensa à ce que Virginie avait dit. Elle semblait sincère, mais cela ne l'ennuyait donc pas du tout de ne pas être invitée aux soirées de Caroline? Pas même un tout petit peu? Ces soirées étaient très populaires.

— Veuillez me remettre votre devoir, disait monsieur Dubois.

Tandis que Pascale remettait sa feuille, le doute envahit son esprit. Le fait qu'elle ait demandé à Caroline sur quel chapitre portait le devoir la rendait nerveuse.

Pascale retint son souffle en observant monsieur Dubois feuilleter la pile de devoirs. Il s'attarda à l'une des feuilles, l'air perplexe d'abord, puis impatient.

— Je vois que vous avez décidé d'ignorer mes instructions et de répondre à la question de votre choix, mademoiselle Marceau. Vous devriez essayer d'être un peu moins indépendante. Vous aurez zéro pour ce travail.

Sans avoir à se retourner, Pascale sut qu'un sourire de satisfaction s'était dessiné sur le visage de Caroline. La remarque de Virginie lui revint à l'esprit. «Oui, elle est vraiment détestable», pensa Pascale avec dégoût.

Elle s'approcha prudemment de monsieur Dubois à la fin du cours.

— Excusez-moi, je voudrais vous expliquer à propos du devoir.

Il y eut un silence embarrassé ; monsieur Dubois ne leva pas les yeux, continuant à rassembler ses papiers.

— J'ai demandé à quelqu'un de me dire quel était le devoir et... on m'a donné de mauvaises informations. Cette personne s'était peut-être trompée et a oublié de m'en aviser.

Monsieur Dubois la regarda par-dessus ses lunettes.

— Peut-être que la prochaine fois, vous prendrez vos propres responsabilités au lieu de vous fier à quelqu'un d'autre.

« Ce n'est pas juste », se dit Pascale intérieurement.

— Oui, je serai plus attentive, dit-elle pourtant à haute voix. Est-il possible que je refasse ce travail ?

— Bien, vous pourriez refaire le devoir, répondre à une question supplémentaire et me le remettre jeudi matin. Ensuite, je prendrai une décision.

— Jeudi ! gémit Pascale, paniquée. Ça ne me donne pas assez de temps. Je dois travailler après l'école. Je ne peux me faire remplacer comme ça à la dernière minute. Que puis-je faire ?

— Faites ce qu'il vous plaira ; c'est ce que vous faites toujours, de toute façon, répondit monsieur Dubois d'un ton jovial.

Puis, il ferma son porte-documents et sortit.

Pascale fixa la porte durant un moment, se sentant fatiguée et déprimée. Lentement, elle rassembla ses livres et marcha péniblement jusqu'au gymnase.

Elle se rappela une vieille maxime qu'une de ses tantes, plutôt mesquine, adorait répéter : «Les choses empirent toujours avant de s'améliorer.»

«J'espère que ce n'est pas vrai», pria-t-elle.

Chapitre 12

Après la confrontation du lundi dans le corridor, Caroline se tint à l'écart de Pascale et celle-ci fit de son mieux pour éviter Caroline. Le mercredi, elle avait presque terminé son devoir d'anglais.

« Je le finirai ce soir après le travail », pensa-t-elle en se rendant au gymnase pour son cours d'aérobic. Elle repéra un endroit loin de Caroline et commença à faire ses exercices d'échauffement.

« Dieu merci, Trixie n'ayant pas eu besoin de moi hier, j'ai pu avancer mon devoir », se dit-elle en s'échauffant. « Je ne penserai à rien de désagréable durant ce cours, se dit-elle. Ni au devoir, ni à Caroline. »

— Les filles ! J'ai quelque chose à vous dire, alors écoutez-moi.

Mademoiselle Cloutier jeta un coup d'oeil à sa montre.

— Quelque chose est survenu et je dois partir tout de suite. Comme vous le savez, le cours est normalement annulé dans une telle situation.

Les élèves grognèrent en choeur. C'était un

cours que tout le monde aimait et mademoiselle Cloutier était très populaire auprès des élèves. Elle était si jolie, si mince et savait rendre son cours des plus amusants.

— Attendez, attendez, je n'ai pas fini.

Le professeur leva la main pour obtenir le silence.

— Aujourd'hui, j'ai décidé d'essayer quelque chose de différent. Quelques-unes d'entre vous semblent très bien connaître les exercices et les exécutent parfaitement ; je choisirai donc l'une de ces élèves pour diriger la classe durant mon absence.

Les filles attendirent avec impatience. Du coin de l'oeil, Pascale vit Caroline se redresser et sourire, l'air suffisant. « Incroyable », pensa Pascale.

— Pascale, je voudrais que ce soit toi. Ne t'inquiète pas si tu ne te souviens pas de tous les mouvements. Fais de ton mieux et je suis certaine que tu t'en tireras très bien. Les filles, accordez votre soutien à Pascale.

Elle regarda Caroline d'un air plein de sous-entendus ; Caroline, complètement prise au dépourvu, était plutôt drôle à voir.

En s'efforçant de ne pas être nerveuse, Pascale se plaça devant les élèves. Durant les quarante minutes qui suivirent, elle fut totalement absorbée par ses exercices physiques. Elle était tellement concentrée que son voeu se réalisa : elle ne pensa ni à monsieur Dubois, ni à son devoir, ni à Caroline, ni à Jonathan.

Bientôt, elle effectuait les derniers exercices de la séance.

— On lève le bras droit... puis le gauche... on inspire... encore... et c'est tout! Merci tout le monde!

Elle sourit, se sentant soudain intimidée.

— Super, Pascale! Tu as fait du bon travail!

Les élèves la félicitaient en quittant le gymnase. Pascale remarqua que Caroline était déjà partie. Carla, quant à elle, n'était pas venue du tout.

Pascale éteignit le magnétophone et plaça la cassette de musique sur la tablette. Puis, elle s'assura que la salle était propre et que personne n'y avait rien laissé. «Après tout, j'ai au moins une raison de me réjouir aujourd'hui», pensa-t-elle avec reconnaissance. Puis, elle aperçut Jonathan debout dans l'embrasure de la porte.

— Nous avons terminé l'entraînement plus tôt et je jetais un coup d'oeil dans les classes en passant quand je t'ai aperçue en train de mener les élèves. Tu étais fantastique! dit-il avec enthousiasme.

Pascale rougit.

— J'aime danser.

— Tu sais, continua Jonathan, il y aura bientôt des auditions pour le spectacle de fin d'année. Tu devrais tenter ta chance.

— Oh! voyons, Jonathan! Tu es gentil, mais je n'ai aucune formation en danse ou en théâtre. Bien sûr, c'est agréable d'y penser, mais...

— Cette attitude ne te mènera jamais plus loin.

Ce n'est pas suffisant d'y penser. Que se passerait-il si je me contentais de penser à jouer au football au lieu de sauter sur le terrain?

Il leva les yeux au plafond.

— Je rêve de courir sur le terrain et de faire un touché!

— Au moins, tu ne te salirais pas, le taquina Pascale.

— Et je ne m'amuserais pas.

Il posa ses mains sur les épaules de Pascale et la regarda dans les yeux.

— D'accord, d'accord, je comprends. Je passerai peut-être une audition, dit-elle au bout d'un moment. Oh zut! Je vais être en retard à mon travail! À bientôt!

Elle courut vers le vestiaire, sentant toujours la chaleur des mains de Jonathan sur ses épaules.

Elle s'arrêta brusquement en entrant dans le vestiaire. «Qu'est-ce qui se passe donc ici? C'est étrange... La dernière personne à sortir a probablement éteint les lumières.»

«Au moins, la lumière est toujours allumée dans la salle des douches», soupira Pascale en se déplaçant prudemment le long des casiers. Les douches se trouvaient au fond du vestiaire. La lumière brillait à travers un nuage de vapeur. Pascale entendit le bruit de l'eau qui coulait.

— Il y a quelqu'un? appela-t-elle. Hé! Il y a quelqu'un?

Elle continua à marcher à tâtons, espérant que ses yeux allaient bientôt s'habituer à l'obscurité.

— Aïe! gémit-elle en se cognant la tête contre la porte d'un casier ouvert. Pourquoi faut-il que mon casier se trouve au fond du vestiaire? marmonna-t-elle seulement pour entendre le son d'une voix humaine.

Puis, elle entendit un grand bruit. Quelqu'un refermait les portes des casiers, les faisant claquer l'une après l'autre, de plus en plus vite. Le bruit était violent et menaçant, en quelque sorte. Pascale demeura immobile, la main sur sa poitrine.

Enfin, le bruit de portes cessa et elle entendit des pas qui s'éloignaient en courant.

Pascale resta plantée là, le dos appuyé au mur. Elle ne savait pas combien de temps s'était écoulé quand elle se souvint brusquement qu'elle devait aller travailler.

«Quelle heure est-il?»

Elle regarda nerveusement le cadran éclairé de sa montre. «Je devrais déjà être là!» pensa-t-elle, paniquée.

Serrant les poings de chaque côté d'elle, elle marcha avec raideur jusqu'à la dernière rangée de casiers, juste en face des douches.

«Pourquoi la porte de mon casier est-elle ouverte?» se demanda-t-elle, perplexe. Puis, un frisson lui parcourut le dos. Ses affaires formaient une ligne devant les douches. Des livres et des cahiers trempés jonchaient le sol. Son sac trempait dans une mare d'eau et elle trouva ses clés dans une autre flaque non loin de là.

«Voilà pourquoi ils ont laissé couler les douches », pensa-t-elle en fixant tristement le spectacle.

Puis, elle aperçut son uniforme. Il se trouvait dans un coin des douches. En le ramassant, elle vit que non seulement il était déchiré, mais on l'avait également barbouillé avec quelque chose de rouge — probablement du rouge à lèvres. À travers l'eau et la vapeur, on aurait dit du sang.

Chapitre 13

Pascale mit un moment à rassembler ses affaires. Il s'écoula près d'une heure avant qu'elle n'entre précipitamment dans le restaurant, portant toujours ses vêtements de danse sous son manteau.

— Bonjour Trixie. Je suis désolée d'être en retard... commença-t-elle, à bout de souffle. J'ai essayé de téléphoner, mais...

— Merci quand même d'être venue, l'interrompit Trixie d'un ton sarcastique.

Le manque de ponctualité était la bête noire de Trixie. Pascale inspira profondément et fit une nouvelle tentative.

— Je suis désolée, je n'y pouvais rien. Écoutez, mon uniforme est fichu ; y en a-t-il un autre en bas ? Mon tablier et mes chaussures sont ici.

— Je suis certaine que tu as beaucoup mieux à faire à l'école que de penser à quelque chose d'aussi peu important que cet emploi. Je devrais engager des serveuses professionnelles qui ne considèrent pas cet emploi comme rien du tout, poursuivit Trixie d'un ton furieux.

Puis, elle tourna les talons et s'éloigna, laissant Pascale plantée là, extrêmement mal à l'aise.

Trixie se retourna soudain et Pascale poussa un soupir de soulagement en voyant l'air réprobateur de Trixie se changer en sourire.

— D'accord, d'accord, il y a un autre uniforme en bas. Mais remonte au pas de course.

Pascale dévala l'escalier, se sentant triste et… trempée. Son manteau était mouillé sur un côté, là où elle avait appuyé ses livres et ses vêtements.

«Je déteste ce cellier», pensa-t-elle en regardant l'ampoule tandis qu'elle se changeait rapidement. Elle allait mettre son tablier lorsqu'elle entendit quelqu'un descendre l'escalier.

— C'est toi, Carla? Virginie? cria-t-elle.

— Désolée, chérie, c'est seulement moi, dit Caroline en s'assoyant sur un banc et en faisant la grimace.

Elle enleva ses souliers et commença à se masser les pieds lentement.

— Tante Trixie a eu recours à mes services puisque tu étais en retard, gémit-elle. J'étais peut-être prête à lui donner un coup de main, mais elle ne fera pas de moi une serveuse. C'est *ton* job.

— Je me demande bien qui est responsable de mon retard, dit Pascale d'un ton brusque et accusateur.

— Oh! je t'en prie! N'essaie pas de *me* blâmer, dit Caroline d'un air méprisant.

Pascale poussa un soupir exaspéré et noua son tablier.

— Tu devrais aussi te chercher un autre petit ami si tu ne veux pas d'ennuis, siffla Caroline. Je n'ai pas peur de jouer dur.

Lorsqu'elle se retourna, ses cheveux blonds effleurèrent la joue de Pascale.

— Et toi, es-tu une poule mouillée? demanda-t-elle en montant rapidement l'escalier.

«Comment quelqu'un peut-il être toujours si méchant?» se demanda Pascale en grimpant l'escalier à son tour. Elle s'arrêta à l'entrée de la salle à manger. Le restaurant était bondé. Elle se rappela la façon dont Trixie avait décrit l'endroit quand il y avait beaucoup de monde: «C'est la folie ici!»

Elle avait certainement raison. Pascale alla chercher un bloc de factures et des menus. Elle aperçut alors Jonathan, appuyé nonchalamment sur son siège, à côté de Caroline!

«Pas étonnant que Caroline soit remontée si rapidement», pensa-t-elle en sentant une pointe de déception.

«Qu'est-ce qui se passe ici?»

«Est-ce une blague que Caroline et Jonathan veulent faire?»

«Non, c'est impossible. Mais dans ce cas, pourquoi est-il assis avec elle?»

Chapitre 14

Trixie passa sa tête rousse dans la porte de la cuisine.

— Allez! Ne reste pas là à admirer le paysage. Va prendre des commandes!

«Pourquoi tout le monde est-il sur mon dos?» se demanda Pascale, commençant à s'apitoyer sur son sort.

— Hé! Je craignais que quelque chose te soit arrivé! Tout à l'heure, tu me raconteras pourquoi tu es arrivée en retard, dit Carla en souriant d'un air jovial.

— Je vais bien, répondit Pascale sèchement avant de s'éloigner rapidement.

Partout, des mains étaient levées, indiquant que les clients étaient prêts à commander.

— Hé! s'il vous plaît, je meurs de faim, gémit un garçon costaud lorsqu'elle passa près de lui.

Elle le reconnut; il faisait partie de l'équipe de football.

— D'accord, dit Pascale, hors d'haleine. Qu'est-ce que tu prendras?

Son bloc de factures dans une main, elle fouilla dans la poche de son tablier, à la recherche de son stylo.

— Euh… avez-vous du pouding au caramel?

— Non, répondit-elle en continuant à tâtonner. Seulement du riz au lait.

— Oh! Bien, avez-vous de la crème glacée aux fruits confits?

— Non, non… seulement ce qui figure au menu.

— Oh! Bon, je suppose que vous n'avez pas non plus de gelée à la lime.

Pascale secoua la tête. Où était donc ce sacré stylo?

— D'accord, alors je prendrai seulement un sandwich au thon, des frites, un cola et…

— Oh!

Pascale eut le souffle coupé par la surprise. Elle avait senti une douleur aiguë et avait vivement retiré sa main de la poche de son tablier. En voyant du sang sur ses doigts, elle retint son souffle et fixa sa main, horrifiée.

Le garçon costaud se leva.

— Chut! Ça ira, ça ira, dit-il doucement en lui prenant la main et en l'examinant. Regarde, ce n'est qu'une égratignure. Tu as été si surprise que tu as retiré ta main avant de te blesser davantage…

Pascale regarda autour d'elle. Apparemment, personne n'avait remarqué quoi que ce soit.

Elle dénoua son tablier et en vida le contenu sur la table: stylos, factures, quelques trombones et…

un couteau. C'était un couteau à steak très pointu. On n'utilisait pas ce type d'ustensile très souvent.

— Ouf! dit le client. Tu as eu de la chance de ne pas te couper plus gravement.

— Tu as raison, ce n'est qu'une égratignure, lui dit Pascale. J'ai eu plus de peur que de mal, mais je vais aller mettre un pansement adhésif. Je reviens aussitôt que possible pour prendre ta commande.

— Hé! ça ira.

Il posa sa grosse main sur son estomac.

— Je n'ai plus très faim. Je crois que je vais partir. Je déteste le sang.

Pascale se lava les mains et appliqua sur sa plaie un pansement adhésif qu'elle trouva dans la trousse de premiers soins. Jouer des tours était une chose, mais plaisanter avec des couteaux en était une autre. Elle frissonna en imaginant ce qui aurait pu se passer.

Quelques instants plus tard, elle se rendit à la cuisine pour tout raconter à Trixie.

— Quelqu'un a mis un couteau dans la poche de mon tablier… commença-t-elle.

Trixie faisait griller des hamburgers.

— Je parie que je sais qui a fait ça. Tu t'es fait mal?

— Non, ce n'est qu'une égratignure; mais ç'aurait pu être plus grave. Alors, vous croyez savoir qui a fait ça? demanda-t-elle, étonnée.

Trixie soupçonnerait-elle Caroline, sa propre nièce?

— Oui, je le sais. C'est toi.

— MOI !

— Mais oui ! Et voilà comment ça s'est passé. Tu n'es pas la première à qui ça arrive. Je l'ai moi-même déjà fait. Hier, tu étais occupée, pensant à mille choses à la fois. En allant mettre le couvert, tu as découvert que tu avais pris un couteau de trop et tu l'as mis dans ta poche. Tu avais l'intention de le remettre à sa place, mais tu ne l'as pas fait. Tu as suspendu ton tablier en finissant de travailler, oubliant de ranger le couteau. Tu peux continuer à travailler ?

— Oui, je crois, dit Pascale d'une voix faible.

Trixie semblait si sûre d'elle… Était-ce possible que ça se soit passé comme elle l'avait dit ? Bien sûr que ça l'était. « Quand on est très occupée, on n'arrive plus à se rappeler ce qu'on faisait une minute avant », décida Pascale.

— Rappelle-toi ; je t'ai dit que l'inattention était la principale cause d'accident, poursuivit Trixie. Je sais que ce n'est pas facile, mais tu dois être sur tes gardes à chaque instant, même s'il y a beaucoup de monde.

— Vous avez raison. Je serai plus prudente.

Pascale retourna dans la salle à manger bruyante.

— Salut ! s'écria Virginie. Je suis donc contente de te voir ! Peux-tu me donner un coup de main et aller porter ces assiettes ? Euh… celle-ci est pour Caroline. Désolée, je suis débordée.

Virginie empilait des assiettes sur un plateau qui semblait plus grand qu'elle.

— Ça ira.

Pascale s'empara de l'assiette sur laquelle était posé un couvercle.

«Une assiette recouverte, c'est étrange. Je ne croyais pas que nous servions quoi que ce soit dans une assiette avec couvercle», se dit-elle d'un air absent.

— J'attendais, dit Caroline d'une voix traînante.

Pascale était déterminée à ne pas laisser voir à Jonathan — ni à Caroline — à quel point elle était troublée de les voir assis ensemble.

— Madame est servie.

Elle posa l'assiette devant Caroline et enleva le couvercle.

— Et voilà !

Tout le monde fixait, horrifié, ce qui se trouvait dans l'assiette de Caroline... Un gros rat mort !

Mais... un instant ! Mort?

Non... le rat bougeait.

Chapitre 15

Le rat dans l'assiette de Caroline semblait en être à ses derniers soubresauts. Tandis que Caroline et Jonathan fixaient la bête, étonnés et dégoûtés, Pascale remit violemment le couvercle sur l'assiette, cachant l'animal hideux. Pascale s'aperçut que Jonathan avait pâli.

Quiconque ne s'était pas retourné lorsque Pascale avait posé le couvercle sut que quelque chose de terrible était arrivé lorsque Caroline poussa un hurlement à réveiller les morts. Des curieux se rassemblèrent autour de la table.

— Comment as-tu *pu*? Oh! c'est si terrible!

«Cette situation m'est familière», pensa Pascale en se rappelant son premier jour de travail au restaurant. Caroline l'avait également accusée et elle avait été trop secouée, trop timide et trop embarrassée pour se défendre. Cette fois, décida-t-elle, les choses seraient différentes.

— Écoute, Caroline. Je ne toucherais pas à un rat mort, que je déteste quelqu'un ou non.

«Mais je lui *ai* touché, d'une certaine façon, en

le transportant ici. » Pascale réprima une envie de vomir à cette pensée.

Le mot «rat» semblait déjà avoir fait le tour du restaurant. On entendait des commentaires du genre «affreux», «dégoûtant» et «horrible» ainsi que des bruits de dégoût.

Les clients sortaient sans même payer. En fait, certains couraient vers la porte. Trixie pouvait repérer ceux qui partaient sans payer à des kilomètres et elle sortit précipitamment de la cuisine.

— Revenez ici tout de suite et payez vos factures. Qu'est-ce qui se passe? Êtes-vous tous devenus complètement fous?

Trixie se dirigea vers la table de Caroline où quelques curieux au cœur solide demandaient à voir le rat.

— Eh bien! Que regardez-vous tous comme ça? demanda Trixie en s'apprêtant à retirer le couvercle.

Caroline se blottit encore plus loin dans le coin de la banquette.

— Ce n'est pas une bonne idée, Trixie, dit Virginie. C'est probablement assez désagréable. Écoutez, je ne suis pas facilement dégoûtée et je ferai attention. Je vais aller jeter ça aux ordures, dit-elle en s'emparant de l'assiette.

Elle passa par la cuisine et se dirigea vers l'extérieur où se trouvaient les poubelles.

— Elle l'a mis dans mon assiette! dit Caroline d'un ton accusateur en fixant Pascale.

Au grand étonnement de Pascale, Trixie protesta.

— Oh! tais-toi, Caroline chérie! Pascale ne toucherait pas à un rat mort, pas plus que toi et moi.

Trixie jeta un coup d'oeil autour d'elle, contemplant tristement les tables vides.

— Bien, je suppose que c'est fini, dit-elle en retournant dans la cuisine.

— Je te raccompagne chez toi, Caroline, dit Jonathan en se levant.

Caroline le suivit, dévisageant Pascale d'un air furieux.

Pascale les regarda sortir tous les deux.

«Bien, comme l'a dit Trixie, je suppose que c'est fini», se dit Pascale en soupirant. «Jonathan s'est moqué de moi.»

Mais tandis qu'il sortait, Pascale le vit indiquer à Caroline qu'il la rejoindrait dans une minute. Puis, il revint vers elle. Rapidement, elle baissa les yeux et se mit à nettoyer la table.

— Il faut que je te parle, Pascale, commença Jonathan. Je veux seulement reconduire Caroline chez elle. Elle a été très secouée... de plus d'une façon, et je crois que c'est ce que je dois faire. Mais je veux t'expliquer. Je reviens tout de suite. Tu seras encore ici?

Pascale ne leva pas les yeux.

— D'accord, dit-elle enfin.

— Très bien. À tout à l'heure.

Jonathan se dirigea vers la porte.

Pascale continua à débarrasser, empilant la vaisselle sur des plateaux, et nettoyant les tables. Elle trouva quelques factures que des clients avaient laissées et les fourra dans sa poche.

«Un rat mort ne fera sûrement pas monter le chiffre d'affaires », se dit-elle.

Alors qu'elle jetait un dernier coup d'oeil dans la salle à manger, elle entendit la voix de Virginie derrière elle.

— Hé! Pascale! Regarde!

Pascale se retourna et demeura figée. Virginie était debout dans la porte de la cuisine, souriante, tenant le rat mort par la queue!

Chapitre 16

— Ce n'était qu'un de ces faux rats que l'on vend pour faire peur aux gens ; mais il était si laid et semblait si réel, expliqua Pascale à Jonathan tandis qu'ils étaient assis dans les marches derrière le restaurant à la fin de la soirée. Virginie m'a montré où se trouvaient les piles qui le faisaient bouger. Elle m'a dit avoir soupçonné quelque chose dès l'instant où elle l'a vu ; il fallait qu'elle vérifie.

— Moi, j'ai eu peur, dit Jonathan en s'appuyant contre le mur et en regardant le ciel. Tout ça s'est produit au bon moment... J'avais moi-même l'impression d'être un rat : Caroline était en colère parce que je ne voulais pas sortir avec elle et tu l'étais également parce que tu croyais que *je* le voulais...

— ... puis le rat est arrivé, continua Pascale.

— Exactement.

Jonathan acquiesça.

— Je suis désolé que tu aies cru que je t'avais trahie.

— Moi, je suis navrée d'avoir tiré des conclusions trop hâtives. Avec tout ce qui se passe depuis quelque temps, ça devient difficile de faire confiance à qui que ce soit. Regarde.

Pascale retira une facture tachée de ketchup de sa poche.

— Je l'ai trouvée sur l'une des tables.

Jonathan saisit la facture et l'examina. On pouvait y lire en lettres rouges : «PRENDS GARDE OU TU AURAS UN GRAVE ACCIDENT. »

— Hum... encore ce mauvais plaisantin.

Il lui rendit la facture.

— Ton nom n'y apparaît pas. Le message ne t'était peut-être pas destiné.

— Je suppose que c'est possible, dit Pascale lentement. Tu sais, j'étais certaine que c'était Caroline, mais c'est impossible qu'elle ait mis ce rat dans sa propre assiette. Même Caroline n'irait pas jusque-là. J'ai l'impression que quelqu'un... joue avec nous.

— Attends une minute.

Jonathan semblait sceptique.

— Tu sais, je ne crois pas que toutes ces blagues soient l'oeuvre d'une seule personne. Il s'agit peut-être de personnes différentes qui veulent se défouler — des élèves de l'école, par exemple.

— Je ne suis pas certaine de comprendre ce que tu veux dire.

— Réfléchis, poursuivit Jonathan. Nos vies changent si rapidement. Un jour, nous sommes des enfants ; le lendemain, nous sommes des adultes qui devons prendre toutes sortes de décisions. Les jeunes doivent s'habituer à beaucoup de choses. Certains d'entre eux essaient peut-être de trouver un moyen de se défouler.

— C'est une explication plausible, dit Pascale lentement. Moi, je sais que je veux obtenir mon diplôme et poursuivre mes études, mais après?

— Oui, je sais, dit Jonathan d'un ton grave. C'est vrai que c'est important d'obtenir notre diplôme. Mais je me suis beaucoup amusé ici et je devrai laisser tout ça derrière moi. Pourtant, j'ai hâte. C'est excitant d'envisager de nouvelles expériences et de rencontrer d'autres gens.

Pascale pouvait sentir son enthousiasme; il était communicatif.

— Tu as raison, approuva-t-elle. Après avoir obtenu mon diplôme, fini le travail de serveuse!

Ses yeux étincelèrent.

— Et peut-être qu'alors…

Elle s'arrêta en voyant Jonathan la regarder et approcher son visage du sien, puis ferma les yeux. Il l'embrassa d'abord doucement et du bout des lèvres, puis ses baisers se firent plus longs et passionnés.

Ils demeurèrent ensuite dans l'obscurité, blottis l'un contre l'autre. Ils croyaient être seuls, mais tandis qu'ils bavardaient et s'embrassaient, quelqu'un était caché dans l'ombre… les observant… les écoutant. S'ils avaient vu le visage de cette personne, ils auraient été effrayés, terrifiés même. Car sa figure était déformée par l'amertume, la haine et quelque chose d'autre qu'on ne pouvait qu'appeler de la folie.

Chapitre 17

Pascale sentait toujours sur ses lèvres la chaleur des baisers de Jonathan tandis qu'elle rentrait chez elle ce soir-là.

Peut-être est-ce pour cela qu'elle ne remarqua pas les premiers petits cognements du moteur.

Plus tard, les bruits s'intensifièrent. Mais à ce moment, elle s'efforçait d'éclaircir le mystère entourant l'identité du joueur de tours, qui devenaient de plus en plus dangereux.

« Jonathan a-t-il raison? se demanda-t-elle. S'agit-il de personnes différentes jouant des tours au hasard et non pas d'un criminel au plan diabolique? Peut-être. »

« Mais le rat… Quelque chose à ce propos m'ennuie. Virginie a dit que Caroline était détestable et c'est elle qui m'a demandé d'apporter le rat à sa table. »

« C'est également Virginie qui a proposé de se débarrasser du rat — elle n'était pas effrayée. Serait-ce possible qu'elle ait su qu'il s'agissait d'un faux… parce qu'elle l'avait déposé elle-même dans l'assiette? »

«Mais pourquoi?»

«Malgré ce qu'elle prétend, Virginie voulait-elle se venger de Caroline, qui ne l'invite jamais à ses soirées? Mais alors, pourquoi m'impliquer dans cette affaire?»

Pascale ne pouvait trouver une seule raison pour laquelle Virginie lui aurait voulu du mal — elles semblaient très bien s'entendre. De plus, elle ne voulait pas vraiment croire que Virginie était coupable.

«Je ne peux imaginer Virginie entrer dans le vestiaire et jeter toutes mes choses par terre», pensa-t-elle en poussant un soupir de frustration. «Je suis encore loin d'avoir découvert l'identité du joueur de tours.»

Pascale constata que la voiture ralentissait. Elle appuya sur l'accélérateur en tournant le coin du chemin Boisé.

Teuf teuf teuf!

«Zut! Quel est ce bruit et depuis quand les problèmes ont-ils commencé?» Elle s'en voulut d'avoir rêvassé en conduisant.

Le moteur se mit à tousser, secouant la voiture qui avançait par à-coups.

«Oh non! C'est le pire endroit pour tomber en panne», pensa-t-elle en regardant les arbres dénudés qui bordaient la route étroite. Leurs branches formaient une voûte au-dessus de la route.

«J'ai l'impression de me trouver à des kilomètres de la civilisation», pensa Pascale en appuyant sur l'accélérateur et en le relâchant. Peu importe ce qu'elle faisait, les choses ne firent qu'empirer jusqu'au moment où la voiture s'immobilisa complètement.

— Formidable, marmonna-t-elle en jetant un coup d'oeil vers la forêt.

«Je vais sortir de la voiture et un maniaque surgira du bois et m'enlèvera», pensa-t-elle en s'emparant d'une lampe de poche.

Au moins, la pile était en bon état.

«Cela n'a pas beaucoup d'importance, de toute façon», se dit-elle en levant le capot et en se penchant au-dessus du moteur. Dans son esprit, elle pouvait entendre la voix de sa mère lui disant: «Je t'avais bien dit de t'inscrire au cours de mécanique, mais tu ne voulais pas m'écouter.»

«D'accord, tu avais raison. Et alors?»

Elle frissonna dans l'obscurité, se demandant si elle devait tenter de rentrer chez elle à pied ou rebrousser chemin et aller téléphoner dans une station-service. Soudain, elle entendit un bruit de moteur. «Quelqu'un vient. Espérons qu'il ne s'agit pas d'un meurtrier», pria-t-elle en prêtant l'oreille.

Quelques secondes plus tard, elle distingua la forme d'une motocyclette conduite par une silhouette familière. «Carla!» constata-t-elle gaiement, oubliant sa rancune.

La moto s'immobilisa. Carla retira son casque.

— Tu sembles avoir des ennuis. Je peux t'aider?

Carla marcha jusqu'à la voiture et se pencha au-dessus du moteur.

— Bien sûr.

Pascale lui tendit la lampe de poche.

— Je ne sais pas ce qui ne va pas, mais nous serions probablement incapables d'effectuer la réparation ici, de toute façon, dit Carla sans lever les yeux.

Elle se redressa.

— Je ne sais pas non plus ce qui ne va pas entre nous.

Pascale la regarda.

— Ah non? Et la soirée de Caroline, Carla? Je t'ai vue lorsqu'elle m'a accusée de m'être présentée sans invitation. Pourquoi n'as-tu rien dit? C'est toi qui m'as convaincue d'y aller, prétendant que Caroline était une chic fille. Ça me paraît un peu étrange.

Carla fixa Pascale durant un instant.

— Je ne sais pas comment tu peux t'imaginer que j'ai entendu ce que Caroline t'a dit à la soirée. Tu sais à quel point la musique était forte. Je t'ai à peine entrevue. Quand je me suis aperçue que Jonathan n'était pas là non plus, j'ai cru que vous étiez partis ensemble. J'ai appris ce qui s'était passé quelques jours après. À ce moment, tu avais déjà adopté une attitude étrange, mais je n'ai pas fait le lien. J'allais te demander des explications.

Bien sûr. Pascale se rappela n'avoir pas bien entendu elle-même ce que disait Caroline parce que la musique était forte.

— Ainsi, tu n'avais rien à voir dans cette histoire.

— Non, idiote, répondit Carla. Hé! ça ne te donne pas la chair de poule ici?

Elle saisit le bras de Pascale.

— Quelqu'un est déjà mort ici. Je peux te montrer où.

— Pour l'amour de Dieu, je n'ai pas envie de me promener dans cette forêt la nuit, cherchant l'endroit où quelqu'un est mort! s'exclama Pascale en dégageant son bras.

— D'accord, d'accord. J'ai voulu faire une plaisanterie pour changer de conversation. C'est la première chose qui m'est venue à l'esprit. Parfois, mon sens de l'humour est un peu... différent, expliqua Carla en haussant les épaules.

— C'est le moins qu'on puisse dire, approuva Pascale.

— De toute façon, dit Carla, je propose que tu rentres chez toi. Alors monte. Tu feras remorquer la voiture demain. Mais fais attention car je n'ai pas d'autre casque et cette route est cahoteuse. J'ai tendance à rouler vite, mais je serai prudente, d'accord?

— Euh... d'accord, répondit Pascale d'un ton hésitant.

Carla ne semblait pas se rendre compte qu'elle disait des choses bizarres: «Je vais te montrer l'endroit où quelqu'un est mort» ou «J'ai tendance à rouler vite et cette route est cahoteuse».

«Je ne peux pourtant pas rester ici, alors que puis-je faire d'autre que de monter derrière elle?» pensa Pascale.

En apercevant la lueur des phares d'une automobile, Pascale se sentit soulagée. Puis, on klaxonna et la tête de Trixie apparut par la vitre baissée.

— N'est-il pas un peu tard pour bavarder, les filles?

— J'ai eu des ennuis mécaniques, expliqua Pascale. Puis, Carla s'est arrêtée et s'apprêtait à me reconduire chez moi, mais elle n'a pas d'autre casque.

— Ça, c'est dangereux. C'est une chance que je sois passée par ici. Je vais te raccompagner.

— Merci beaucoup, dit Pascale d'un ton reconnaissant.

Elle ouvrit la portière et allait monter dans la voiture quand elle s'arrêta et se tourna vers Carla.

— Merci d'avoir offert de me reconduire chez moi. Et… Carla… je suis désolée… à propos de la soirée de Caroline.

— Oublions ça, dit Carla en faisant un geste de la main.

Pascale la vit attacher la courroie de son casque tandis que Trixie démarrait.

— Carla est une bonne fille, dit Trixie en souriant. Elle me rappelle un peu moi-même à cet âge. Elle sait comment s'amuser et est une très bonne serveuse. Voilà pourquoi je l'ai engagée tout de suite après la fermeture du restaurant où elle travaillait avant — tu sais, ce *drive-in* médiocre.

— Le *drive-in*, répéta Pascale. Carla y travaillait? Personne ne semble vouloir parler de ce qui s'est passé là-bas. Pourquoi?

— Bien, peut-être que personne ne veut se souvenir, dit Trixie. Un garçon de la polyvalente y est mort. Il s'est effondré dans son assiette. Moi, en tout cas, je ne crois pas que Carla ait quelque chose à voir dans cette histoire, ajouta-t-elle fermement.

Pascale écarquilla les yeux.

— C'est horrible ! De… de quoi est-il mort ? demanda-t-elle en désignant sa maison.

Trixie immobilisa la voiture dans l'allée devant chez Pascale. Puis, elle se tourna vers Pascale.

— D'une intoxication alimentaire, répondit-elle.

Chapitre 18

« Quelle soirée ! » pensa Pascale en déverrouillant la porte. Il y avait deux messages sur son répondeur. Le premier était un message de sa mère lui disant qu'elle ne rentrerait pas avant quelques jours encore.

— Zut ! marmonna Pascale.

Habituellement, elle aimait bien quand sa mère partait en voyage d'affaires. Bien sûr, sa mère lui manquait, mais elle était heureuse d'avoir la chance d'être seule et de se sentir adulte et indépendante. Pourtant, avec tout ce qui se passait depuis quelque temps, retrouver une maison vide n'était pas rassurant.

Elle rit intérieurement en entendant la fin du message de sa mère.

— … bonne journée, chérie !

Pascale se dirigea vers la garde-robe pour pendre son manteau ; une pause et un bip indiquèrent le début d'un autre message.

En entendant la voix sur la bande, Pascale laissa tomber son manteau sur le sol et pivota, portant la main à sa gorge.

— Salut, Pascale la serveuse, commença la voix d'un ton taquin. Je t'observais ce soir au restaurant. J'ai une commande pour toi. La voici : va à la fenêtre et sors ta tête dehors… *mais*… et ceci est très important, Pascale, *n'ouvre pas la fenêtre d'abord!* Tu as compris? Ah ah ah!

Pascale écouta le rire étrange s'estomper. Elle connaissait cette voix. Elle était presque certaine qu'il s'agissait de la même personne qui l'avait appelée avant la soirée de Caroline.

« Qui que ce soit, cette personne semble vraiment malade », pensa-t-elle en frissonnant. « Elle se croit peut-être bien futée et s'amuse beaucoup en ce moment. Je me demande si c'est vrai qu'elle se trouvait au restaurant ce soir. Non », décida-t-elle.

« Cette personne a dit ça seulement pour m'effrayer. »

En jetant un dernier coup d'oeil au répondeur, Pascale se dirigea vers la cuisine à pas feutrés pour faire du thé. Elle choisit sa sorte préférée et brancha la bouilloire.

« J'espère que travailler à mon devoir d'anglais me changera les idées… mais je n'ai pas beaucoup d'espoir », pensa-t-elle.

Elle alla chercher son livre d'anglais et du papier, s'assit à la table de la cuisine et commença à travailler. Elle avait griffonné quelques notes lorsque le sifflement bruyant de la bouilloire la fit bondir sur son siège.

Elle rit intérieurement et débrancha la bouilloire. « Bondir au sifflement de la bouilloire ! » pensa-t-elle en se rassoyant, se sentant ridicule. «Je suis contente que personne ne m'ait vue.»

À ce moment, il y eut un grand fracas à l'extérieur. Pascale regarda dans la direction d'où venait le bruit, ce qui semblait être tout juste devant la fenêtre de la cuisine. Elle eut le souffle coupé.

Quelqu'un l'observait. Deux yeux verts la fixaient de l'autre côté de la fenêtre.

«C'est ce chat que j'ai vu dans le coin à quelques reprises», constata-t-elle en se remettant de ses émotions. «Franchement, j'ai les nerfs à fleur de peau», se dit-elle en marchant jusqu'à la fenêtre et en l'ouvrant.

— Chaton, chaton, chaton, appela-t-elle.

Le chat continua à fixer Pascale, faisant le gros dos. Lentement, Pascale ouvrit plus grand la fenêtre et l'appela de nouveau. L'animal miaula, puis s'éloigna en bondissant, heurtant une poubelle au passage.

«La pauvre bête était terrifiée», se dit Pascale. Elle referma la fenêtre et se dirigea vers la table. «Je devrais faire plus attention — ce chat est peut-être malade et aurait pu me griffer.»

Un bruit de verre brisé la fit se retourner. Elle eut juste le temps de voir une roche atterrir à l'endroit même où elle se trouvait quelques secondes auparavant; des éclats de verre tombèrent dans l'évier et sur le plancher.

Un chien se mit à japper et les lumières s'allumèrent chez le vieux monsieur Trottier, qui habitait la maison voisine.

— Hé! arrêtez ce vacarme! hurla monsieur Trottier de la fenêtre du second étage.

Pascale se tenait immobile, secouée. Quelques instants plus tard, monsieur Trottier apparut sur la pelouse, chancelant, vêtu d'un pyjama en flanelle rouge, ses longs cheveux gris et fins flottant au vent. Il se mit à courir et traversa dans la cour chez Pascale.

— Arrête-toi! Arrête-toi, crapule! cria-t-il d'une voix rauque.

«Qu'est-ce que ce vieil homme a en tête? se dit Pascale. La personne qui a lancé la pierre pourrait le blesser.»

Monsieur Trottier disparut. Lentement, Pascale commença à balayer le verre sur le sol et à nettoyer l'évier. Elle faillit se couper à deux reprises avec de minuscules éclats de verre.

Elle avait ramassé tout le verre qu'elle avait pu trouver et rangé le balai et la pelle à poussière lorsqu'on sonna à la porte.

— Qui est là? demanda-t-elle en s'approchant de la porte.

— Ouvrez! cria une voix impatiente qu'elle reconnut immédiatement.

C'était monsieur Trottier.

— J'ai attrapé le voyou que j'ai vu rôdé dans votre cour; celui-là même qui faisait tout ce boucan et qui a réveillé la moitié du quartier. Allez, nous allons le garder à l'intérieur et appeler la police!

Prudemment, Pascale ouvrit la porte et aperçut

le visage rouge de colère de monsieur Trottier, qui tenait le coupable par le bras.

— Jonathan ! s'exclama-t-elle.

Chapitre 19

Pascale parvint à se tirer du lit lorsque le radioréveil se mit à jouer à cinq heures le lendemain matin. Elle l'avait réglé plus tôt afin d'avoir suffisamment de temps pour terminer son devoir d'anglais, qu'elle devait remettre le jour même. Après tout ce qui s'était passé la veille, elle avait mis longtemps à s'endormir.

Jonathan avait expliqué à Pascale et à monsieur Trottier qu'il faisait une promenade lorsqu'il avait rencontré Carla, qui rentrait chez elle. Carla lui avait raconté que Pascale avait eu des ennuis avec sa voiture et, spontanément, il avait décidé de se rendre chez Pascale afin de s'assurer qu'elle était bien rentrée chez elle. En arrivant, il avait vu quelqu'un rôder dans la cour arrière, mais l'inconnu s'était enfui avant qu'il n'ait pu l'attraper. Puis, monsieur Trottier *lui* avait mis la main au collet.

Monsieur Trottier n'avait pas semblé croire l'histoire de Jonathan, mais Pascale était parvenue à le convaincre de ne pas appeler la police. Toutefois, il avait insisté pour regarder Jonathan s'éloigner et tourner au coin de la rue. En apprenant que Pascale et lui se connaissaient, il l'avait dévisagée comme si elle était une sorte de criminelle. Satisfait que Jonathan soit rentré chez lui, il s'était tourné vers Pascale.

— C'est ce qui arrive quand on fréquente des voyous, avait-il dit d'un ton hargneux.

Puis, il s'était éloigné en titubant, l'air dégoûté.

Pascale s'efforça de chasser monsieur Trottier de ses pensées et de se concentrer sur son devoir. À sept heures, elle avait terminé. Elle prit la voiture de sa mère, se rendit tôt à l'école et déposa son travail sur le bureau de monsieur Dubois avant l'arrivée du professeur.

Ce fut une très, très longue journée.

«Comment ai-je réussi à rester éveillée toute la journée?» se demanda Pascale en marchant péniblement dans le corridor à quinze heures quinze. Elle passa devant le local de théâtre et décida d'aller voir si les scénarios pour le spectacle de fin d'année étaient prêts. À son grand étonnement, elle trouva monsieur Dubois assis derrière le bureau, remuant des papiers.

«Oh non! Il s'occupe des auditions», pensa Pascale avec un pincement au coeur. Puis, elle se dirigea vers le bureau. «Je vais le faire de toute façon», se dit-elle avec détermination.

— Excusez-moi, les scénarios pour le spectacle de fin d'année sont-ils prêts? Et…

— Pas encore, l'interrompit monsieur Dubois sans lever les yeux. Venez voir de temps à autre; ils seront bientôt prêts. Lorsque vous aurez obtenu votre copie, prenez-en grand soin — les photocopies coûtent si cher, vous savez.

— Oui, murmura-t-elle.

Elle hésita un moment avant de poser la question qui lui brûlait les lèvres.

— Vous vous occupez du spectacle?

— Naturellement, comme d'habitude. Bien sûr, je me contente de prodiguer des conseils. Les élèves mettent tout sur pied eux-mêmes.

Il leva les yeux et la regarda brièvement avant de retourner à ses papiers.

— Bien, merci.

Pascale se retourna pour sortir. «Je vais quand même tenter ma chance», se dit-elle avec conviction en se dirigeant vers son casier.

— Mademoiselle Marceau! Mademoiselle Marceau! attendez un instant! entendit Pascale derrière elle.

Elle se retourna et vit monsieur Dubois trottiner dans le corridor.

— Je n'ai pas eu la chance de vous dire que j'ai lu votre devoir et que je l'ai trouvé assez bon. Vous êtes parvenue à le terminer, comme j'ai pu le constater.

— Oui, répondit Pascale calmement.

«Je suis épuisée, ayant dû me lever à cinq heures ce matin pour le faire», eut-elle envie d'ajouter.

— N'est-ce pas étonnant, ce que nous réussissons à faire quand nous y mettons du coeur? dit-il en replaçant son noeud papillon.

Ses yeux étincelèrent lorsqu'il regarda Pascale, comme s'ils partageaient un heureux secret.

— Je ne sais pas ce que vous en pensez, mais moi, ça me réjouit.

Il sourit et tapota le revers de son veston. Puis, il lui adressa un signe de tête poli et s'éloigna.

Pascale eut envie de rire. Monsieur Dubois semblait si content qu'elle crut qu'il allait esquisser quelques pas de danse. «Il n'est pas si mal, après tout, seulement excentrique.»

Carla passa près d'elle.

— Hé! Pascale! Quoi de neuf?

Pascale haussa les épaules.

— Oh! pas grand-chose, sauf que je n'ai dormi que quatre heures et que j'ai dû faire remorquer ma voiture au garage et… Je suis trop fatiguée pour te raconter tout ça maintenant. Et toi? Tu semblais un peu… tendue hier soir.

— Ouais, je l'étais, approuva Carla. Tu te souviens, je t'ai dit que je devais réfléchir à quelque chose? Eh bien! c'est fait. Je pensais à laisser tomber mes études. Trixie m'a dit qu'elle me nommerait gérante du restaurant et me donnerait toute la formation nécessaire.

— Carla!

— Calme-toi, je ne le ferai pas.

Carla s'appuya contre le mur.

— Il faut bien devenir sage, un jour ou l'autre, n'est-ce pas? J'admets que c'est tentant, mais ce n'est pas ce que je veux faire plus tard et je ne veux pas m'imposer de limites.

— Dieu merci !

Carla haussa les épaules.

— Je suis contente aussi. Maintenant, je dois en parler à Trixie.

— À propos de Trixie, commença Pascale d'un ton hésitant en tortillant une mèche de cheveux, elle m'a parlé du *drive-in* hier soir. Elle m'a dit qu'un garçon y était mort et que tu avais déjà travaillé à cet endroit. Si tu étais au courant, pourquoi ne pas me l'avoir dit quand nous sommes passées devant et que je t'ai demandé pourquoi le restaurant avait fermé ses portes ? Jonathan agit bizarrement, lui aussi, quand il est question du *drive-in*.

Carla soupira et secoua la tête.

— Trixie est extraordinaire, mais elle est bavarde comme une pie. Tu vois, Geoffroy — le garçon qui est mort — était détestable. Il se comportait comme un gros bonnet, se vantant d'avoir obtenu une bourse et racontant à tout le monde qu'il allait sortir de ce trou. Ses amis et lui se promenaient partout dans la ville et agissaient en adolescents insupportables ; c'est ce qu'ils faisaient ce jour-là au *drive-in*. C'est moi qui les servais.

Carla inspira profondément avant de poursuivre.

— Je me disputais avec eux à propos de leur attitude ; Jonathan était là et il s'en est mêlé. Les garçons ont commencé à crier et la situation s'est rapidement envenimée. Puis, le propriétaire est intervenu. Toutefois, Geoffroy et sa bande sont restés. Environ une heure plus tard, Geoffroy s'est mis à se plaindre de douleurs à l'estomac. Peu de temps après, il était mort. Certains des amis de Geoffroy ont prétendu que Jonathan et moi avions quelque chose à voir avec la mort de Geoffroy, mais la police n'en était pas convaincue.

— Je comprends pourquoi ce n'est pas un sujet dont Jonathan et toi aimez parler, dit Pascale lentement. Mais s'il est mort à la suite d'une intoxication alimentaire, n'est-ce pas vraiment un accident?

Carla fronça les sourcils.

— Trixie et ses commérages… Elle raconte n'importe quoi. Ce n'était pas une intoxication alimentaire. Quelqu'un a mis du poison *dans* la nourriture.

Chapitre 20

Une vague de fatigue submergea Pascale après que Carla l'eut saluée, se hâtant de se rendre à son travail. Pascale se sentit soulagée de ne pas devoir aller travailler. L'histoire du *drive-in* lui donnait la chair de poule. L'enquête suivait son cours et, si ce que Carla lui avait raconté était vrai, un meurtrier était toujours en liberté.

«Ce pourrait être quelqu'un que je vois tous les jours», pensa Pascale en regardant les visages des élèves qui défilaient dans le couloir. Elle n'aimait pas envisager cette possibilité.

«Allez, laisse tomber», se dit-elle. Elle se rappela qu'elle voulait téléphoner au garage afin de savoir ce qu'avait sa voiture et se dirigea vers le téléphone public. Réprimant un bâillement, elle inséra une pièce de vingt-cinq cents dans la fente et composa le numéro.

Un mécanicien répondit à la troisième sonnerie. Il l'assura qu'on avait identifié la cause de ses ennuis mécaniques.

— La conduite du carburant est pas mal abîmée.

Ça vous coûtera environ deux cents dollars pour la faire réparer et si vous êtes d'accord pour que nous effectuions la réparation, vous devrez nous laisser votre voiture durant quelques jours.

— Savez-vous comment c'est arrivé?

— Oh! bien sûr, mademoiselle, aucun doute là-dessus, répondit le mécanicien en ricanant.

« Qu'y a-t-il de si amusant? » se demanda Pascale impatiemment.

— Quelqu'un a versé tout un sac de sucre dans votre réservoir à essence. Voilà pourquoi votre voiture est tombée en panne.

L'employé gloussa de nouveau, mais Pascale était trop stupéfaite pour que ça l'ennuie.

— Quoi? Vous en êtes absolument certain?

Le mécanicien ne riait plus.

— Bien sûr que je le suis! aboya-t-il. Hé! si vous croyez que je ne connais pas mon métier, vous pouvez toujours aller ailleurs.

Pascale éloigna le récepteur de son oreille jusqu'au moment où les cris cessèrent.

— D'accord, d'accord. Je suis seulement surprise. Faites les réparations nécessaires — j'ai vraiment besoin de cette voiture.

Pascale raccrocha lentement. Elle avait l'impression d'être dépassée par les événements. Des choses si étranges se produisaient; rien de tout ça n'avait de sens.

L'idée que quelqu'un avait délibérément saboté sa voiture la mettait en colère, mais l'effrayait également. Elle craignait que la personne qui avait fait ça ait autre chose en réserve pour elle.

112

«Je ferais aussi bien de laisser tous mes livres à l'école puisque je serai incapable d'étudier ce soir», se dit-elle en marchant lentement vers son casier.

Comme d'habitude, le verrou résista et elle mit quelques minutes à ouvrir la porte. Elle y était enfin parvenue lorsqu'elle entendit du tapage à l'autre extrémité du couloir. Elle hésita un moment, verrouilla son casier et se précipita pour voir ce qui se passait.

Virginie se tenait devant son casier ouvert; quelques élèves l'entouraient.

— Hé! Virginie, que se passe-t-il? demanda Pascale, hors d'haleine.

Virginie était toute pâle.

— Mes disquettes... toutes mes données concernant mon travail de recherche... Elles ont disparu! Sais-tu combien d'heures de travail cela représente? lâcha-t-elle.

— Oh non! C'est terrible, murmura Pascale. Mais attends! Tu es certaine de te souvenir de l'endroit où tu les as mises? Pourraient-elles être chez toi ou dans une classe?

Virginie soupira et se pinça la lèvre inférieure.

— J'y ai repensé des milliers de fois. J'ai mis les disquettes dans mon sac hier soir, mais je n'ai pas eu le temps de travailler hier soir en revenant du restaurant. Mon sac est demeuré dans mon casier toute la journée. La seule chose que j'ai retirée de mon sac, c'est mon cahier de notes. Ces disquettes devraient encore se trouver là.

— Bien, tu devrais peut-être jeter un coup d'oeil aux alentours, au cas où, suggéra Pascale.

Virginie était de plus en plus agitée.

— Tu ne comprends pas, dit-elle rapidement. Je n'égare jamais rien. La dernière fois où j'ai perdu quelque chose, ce devait être à la maternelle !

Puisque Virginie le disait, ce devait être vrai. Elle était incroyablement ordonnée.

Virginie se mit à se tortiller les mains.

— Quelqu'un a ouvert mon casier et a volé mes disquettes, dit-elle d'un ton convaincu. Quelqu'un qui ne veut pas que j'obtienne ma bourse. Je vais tout raconter au directeur immédiatement !

Elle claqua la porte de son casier et s'éloigna comme un ouragan.

Les élèves se dispersèrent, mais Pascale demeura immobile durant quelques instants. Elle n'avait jamais vu Virginie s'emporter auparavant.

Virginie avait claqué la porte de son casier si fort que celle-ci s'était ouverte de nouveau. Pascale s'apprêtait à la refermer lorsqu'elle s'arrêta, quelque chose ayant attiré son attention.

Des insectes !

Il y en avait des douzaines, de différentes grandeurs et couleurs, dans des sacs en plastique posés sur une tablette. Pascale demeura bouche bée durant quelques secondes, puis s'empara de quelques sacs afin de les examiner.

Il s'agissait d'araignées, de tarentules et de vers en plastique. Il y avait même des mouches.

« Que c'est étrange ! » se dit Pascale en replaçant

les sacs dans le casier. « Certains de ces insectes ont l'air si réels. Qu'est-ce que quelqu'un comme Virginie peut bien faire de ces bestioles ? Et où les a-t-elle obtenues ? »

Puis, une idée lui vint à l'esprit.

C'était le genre de choses qu'on se procurait dans un magasin d'attrapes…

… là où on pouvait également se procurer de faux lézards, des serpents en caoutchouc ou encore un rat en plastique fonctionnant à piles !

Chapitre 21

Était-ce Virginie qui avait fait toutes ces plaisanteries cruelles? Cela semblait tellement invraisemblable — et pourquoi l'aurait-elle fait? se demandait Pascale en rentrant chez elle. Elle avait écarté ses soupçons passagers à propos de Virginie et n'aimait pas qu'ils resurgissent. Elle en était maintenant à regarder les choses sous un autre angle et à chercher différents motifs.

Cependant, Pascale était trop fatiguée pour continuer ses réflexions bien longtemps. Elle constata que son esprit était engourdi. Après avoir garé la voiture dans l'allée, elle entra dans la maison, s'étendit sur son lit et dormit profondément.

Pascale ne se réveilla que le lendemain matin lorsque la sonnerie insistante du téléphone la fit émerger de son sommeil. Elle resta étendue, endormie et désorientée, jusqu'au moment où elle fut incapable de supporter le bruit plus longtemps.

À contrecoeur, elle décrocha.

— Qu'est-ce qu'il y a?

— Salut! Tu ne sembles pas très joyeuse. Je

voulais t'appeler hier soir, mais je savais que tu étais fatiguée.

Pascale s'assit et sourit en entendant la voix de Jonathan.

— Salut! Quelle heure est-il?

— Sept heures et demie.

— Ouf! J'ai dormi durant presque quatorze heures!

— Tu dois donc être fraîche comme une rose! dit Jonathan en riant. Tu veux que je t'emmène à l'école?

— Bien sûr! répondit Pascale. Hum... à la condition que tu puisses me reconduire chez moi après les cours afin que je me rende à mon travail avec la voiture de ma mère.

— Aucun problème, répondit Jonathan rapidement. Je te raccompagnerais bien après ton travail ce soir, mais j'ai un entraînement de basket après l'école et je suis surchargé de devoirs. Bon, je passe te prendre à huit heures?

— D'accord, je serai prête. Mais donnons-nous rendez-vous au coin de la rue. Je ne veux pas que monsieur Trottier s'affole encore une fois.

Pascale le salua et s'empressa de se préparer, excitée à l'idée de voir Jonathan.

Toutefois, elle perdit un peu de sa bonne humeur lorsqu'elle sortit et aperçut monsieur Trottier qui bricolait sa voiture. Il lui jeta un bref coup d'oeil désapprobateur. Le petit-fils de quatre ans du vieil homme tenta d'imiter l'expression de son grand-père, finissant par tirer la langue en regardant Pascale.

Pascale s'éloigna, heureuse d'avoir demandé à Jonathan de ne pas venir la chercher chez elle.

La voiture surgit juste au moment où Pascale atteignit le coin de la rue. Pascale posa un léger baiser sur la joue de Jonathan en montant dans la voiture.

— Salut ma jolie! dit-il en souriant.

— Merci, dit-elle en souriant à son tour.

Ils roulèrent en silence durant un moment. Puis, Pascale commença à lui parler des choses qui s'étaient produites la veille. Il fut secoué d'apprendre que quelqu'un avait délibérément saboté sa voiture.

— C'est étonnant, dit-il en secouant la tête, incrédule. Toutefois, je pense que ça exclut Caroline. Ce n'est pas que je veux prendre son parti, mais je ne crois tout simplement pas qu'elle s'y connaît tant que ça en mécanique.

— Et Virginie? demanda Pascale au bout de quelques instants. C'est peut-être elle qui a commis tous ces méfaits.

— Virginie? Tu veux rire? Pourquoi ferait-elle une chose pareille?

— Je ne sais pas... J'essaie de trouver une explication, admit Pascale.

Jonathan lui lança un regard perplexe.

— Je ne comprends pas.

— Je sais que c'est difficile à imaginer, mais quelque chose de vraiment étrange s'est passé hier.

Elle lui raconta l'incident du casier.

— Qu'est-ce qu'elle peut bien faire de tous ces

insectes qu'on achète dans un magasin d'attrapes?

— Ainsi, tu crois que Virginie a acheté ces faux insectes et un rat à piles pour semer la terreur autour d'elle?

Pascale dévisagea Jonathan. Elle se rendit compte qu'il réprimait une envie de rire. Bientôt, il fut incapable de se retenir plus longtemps.

— Ça t'ennuierait de me dire ce qu'il y a de si amusant? demanda-t-elle lorsqu'il fut calmé.

Il se remit à rire en entendant sa question et ne put lui répondre qu'au bout d'une minute.

— Je ne me moque pas de toi, juré. C'est seulement que... je connais Virginie depuis toujours. Cette fille se divertit en assistant à des conférences ou à des concerts. C'est amusant de l'imaginer en train de comploter pour faire peur aux gens.

Jonathan s'engagea dans le stationnement de l'école.

— De plus, poursuivit-il, je sais que Virginie utilise ces insectes pour illustrer son travail de recherche dans le cadre du cours de sciences. Je les ai vus; ils semblent vraiment réels.

«D'accord», se dit Pascale en descendant de la voiture. «Sincèrement, je suis contente que Virginie soit innocente... Mais... Que va-t-il se passer maintenant?»

Chapitre 22

« Que va-t-il se passer maintenant ? » Cette question hantait toujours Pascale tandis qu'elle servait un client plus tard ce jour-là. Elle remarqua qu'il n'y avait pas beaucoup de monde pour un vendredi soir. « Je suppose que le rat y est encore pour quelque chose », se dit-elle en mettant des serviettes de table dans les distributeurs.

Depuis une heure et demie, il n'y avait eu qu'un client — un homme calme et âgé qui avait commandé une tasse de thé et qui étudiait une carte routière. « Il est seulement de passage... S'il était d'ici, il ne serait peut-être même pas venu », pensa Pascale.

Elle était contente que Carla travaille aussi ce soir-là. Au moins, elle pouvait bavarder de temps en temps pour rompre la monotonie. Cependant, Trixie n'aimait pas les surprendre en train de parler.

De temps à autre, Trixie passait la tête dans la porte de la cuisine pour voir combien il y avait de clients. En constatant qu'il n'y en avait pas plus que la dernière fois où elle avait regardé, elle rappela à Pascale et à Carla de travailler, car elles n'étaient pas payées à rien faire. Puis, elle dit à Carla de rester derrière le comptoir et à Pascale de s'occuper des tables.

La soirée s'éternisa. Il était presque l'heure de fermer lorsque Pascale, étonnée, vit entrer monsieur Dubois.

— Mademoiselle Marceau, mademoiselle Marceau! s'écria-t-il joyeusement en se précipitant vers elle. J'ai quelque chose pour vous! Ah! j'aperçois une autre de mes élèves. Bonsoir, Charlotte! dit-il en saluant Carla d'un geste de la main.

Pascale observa la scène, amusée. Carla détestait qu'on l'appelle par son vrai prénom: Charlotte.

Monsieur Dubois s'assit au comptoir.

— Hé bien! Patricia. Il y a longtemps que je voulais te payer une petite visite, dit-il à l'intention de Trixie. Patricia et moi étions dans la même classe durant nos études secondaires, expliqua-t-il à Carla et à Pascale.

Trixie sortit de la cuisine, l'air maussade.

— Je me souviens de toi. On te surnommait Fadasse, dit-elle en souriant soudain. Ravie de te revoir, Albert, mais appelle-moi Trixie, pas Patricia.

Pascale demeura figée, un peu étonnée de la façon dont Trixie accueillait un ancien camarade de classe.

— Oui, bien sûr, Trixie. J'avais oublié que ton surnom te plaisait. Heureusement, le mien ne m'est pas resté, ajouta monsieur Dubois d'un ton pincesans-rire… Est-ce que tu sers du tofu, Trixie? J'ai envie d'un hamburger au tofu et d'une délicieuse salade verte.

Monsieur Dubois pressa ses mains l'une contre l'autre, savourant son festin à l'avance.

Pascale observa Trixie qui le regardait froidement.

— Écoute, je ne sers pas de tofu ni rien de ce genre. Je ne sers que de la nourriture normale : des beignets et des crêpes, du bacon et des oeufs, des hamburgers et des frites, répondit Trixie en retournant dans la cuisine.

Monsieur Dubois pâlit, probablement à l'idée de manger la nourriture « normale » de Trixie.

— Je vais prendre seulement un café, dit-il à Carla. Je m'en permets un de temps à autre. Pascale, vous aviez parlé de passer une audition pour le spectacle de fin d'année. Je passais et j'ai justement une copie du scénario. J'ai pensé que vous aimeriez l'avoir. Prenez-en soin, toutefois — les copies coûtent cher, vous savez.

Pascale saisit le scénario.

— Merci ! Quelle surprise ! Je pourrai commencer à le lire dès ce soir !

— Je vous en prie, dit monsieur Dubois d'un ton galant. Peut-être ai-je été un peu trop sévère avec vous — mais assurez-vous d'être attentive en classe !

« Monsieur Dubois est tout un personnage, mais il est vraiment gentil », pensa Pascale tandis qu'elle s'affairait à nettoyer. Il avait dû décider de manger quelque chose car une assiette était posée devant lui.

Pascale se hâta de tout nettoyer et ne repensa pas à monsieur Dubois, jusqu'au moment où le professeur se mit à gémir et à se tordre de douleur, portant les mains à son ventre.

Trixie sortit de la cuisine en courant et le regarda, horrifiée.

— Oh non! ne cessait-elle de crier en se tordant les mains. Ne soyez pas malade, je vous en prie, ne soyez pas malade. Carla, ne reste pas plantée là! Appelle une ambulance.

Quelques minutes plus tard, les ambulanciers emmenaient monsieur Dubois sur une civière. Le professeur gémissait toujours.

— Bien, il va nous falloir fermer tôt encore une fois, dit Trixie avec une note de tristesse dans la voix.

L'air malheureuse, elle regardait par la fenêtre la foule de curieux qui s'était formée à l'arrivée de l'ambulance.

— Aucun d'entre eux n'entrera, de toute façon. Les ambulances sont toujours mauvaises pour les affaires, dit-elle en secouant la tête et en retournant dans la cuisine d'un pas lourd.

Chapitre 23

En rentrant chez elle, Pascale s'inquiétait au sujet de monsieur Dubois. Les ambulanciers qui l'avaient conduit à l'hôpital ne savaient pas de quoi il souffrait. Ils avaient affirmé que le professeur devrait subir un examen complet afin de déterminer l'origine de ses maux. Dans sa tête, Pascale l'imaginait constamment, allongé sur la civière.

Monsieur Dubois était-il une autre victime d'un étrange « accident » ?

Avait-il été empoisonné ?

Si c'était le cas, allait-il mourir ? Pascale ne voulait pas penser à ça, mais elle ne pouvait s'en empêcher.

La voiture fit soudain une embardée et Pascale faillit heurter une autre automobile. Elle se rappela que la voiture de sa mère était difficile à conduire. Il fallait constamment appliquer une certaine pression sur le volant, même quand la route était droite.

Elle freina et s'arrêta à un feu rouge. En attendant le feu vert, elle prit une décision.

« Ce n'est pas à moi de jouer les détectives et je

serais idiote de le faire. Je vais au poste de police immédiatement afin de tout raconter aux policiers. Ils sauront ce qu'il faut faire. Ils agiront.»

«À moins, bien sûr, qu'ils me croient folle.»

«Bien sûr», dit une petite voix au fond de son esprit. «C'est ce qu'ils croient toujours — ce n'est pas moi, mais le reste du monde...» Elle pouvait imaginer un policier en uniforme bleu lui dire de se calmer.

«Je vais tenter ma chance et me rendre au poste de police de toute façon», se dit-elle, déterminée.

Le feu passa au vert et Pascale appuya sur l'accélérateur. Elle repéra la rue dans laquelle elle devait tourner pour aller au poste de police. Mais en approchant, elle hésita.

Soudain, l'idée de tout raconter à la police lui faisait beaucoup plus peur que quelques minutes auparavant.

Il fallait qu'elle tourne immédiatement ou qu'elle continue. Elle hésita encore un moment et la voiture qui la suivait klaxonna. Pascale continua son chemin.

«Je pourrai toujours appeler la police demain, après avoir bien réfléchi», se dit-elle.

«Pour l'instant, je rentre chez moi et je prends un bain chaud. Ensuite, je jetterai un coup d'oeil au scénario.»

Le scénario! Zut! Elle se rendit compte que, dans la confusion, elle l'avait laissé au restaurant.

Il était tard. Elle pourrait aller le récupérer le lendemain.

«Tu remets toujours tout au lendemain», se dit-elle intérieurement. «Mais tu n'arrives jamais à faire la moitié des choses auxquelles tu passes ton temps à rêvasser.»

Puis, une autre idée surgit dans sa tête. Quelqu'un jetterait peut-être le scénario et monsieur Dubois croirait qu'elle n'en avait pas pris soin. De plus, elle pouvait retourner au restaurant et récupérer le scénario tout de suite puisqu'elle possédait une clé.

Dès qu'elle en eut la possibilité, Pascal fit demi-tour et se dirigea vers le restaurant.

Elle avait l'impression, en quelque sorte, de poser un bon geste pour monsieur Dubois en retournant chercher le scénario. Pauvre monsieur Dubois, qui s'inquiétait du coût des copies! Pascale ferait attention à la sienne.

«C'est une chance que j'aie cette clé, se dit Pascale. Car à cette heure, il n'y aura plus personne.»

Pascale se trompait.

Chapitre 24

Comme Pascale s'y attendait, les lumières étaient éteintes lorsqu'elle arriva au restaurant.

Elle s'empara d'une petite lampe de poche. «Cela devrait être suffisant pour me permettre de repérer le scénario, pensa-t-elle. Il se trouve probablement derrière le comptoir.»

Pascale sortit sa clé, mais en voulant déverrouiller la porte, elle s'aperçut que celle-ci n'était pas fermée à clé.

«C'est étrange», se dit-elle en entrant.

Elle n'aurait jamais cru que le restaurant pût être si sinistre, une fois vide et sombre.

Tout était si tranquille. Seul le vrombissement du moteur des réfrigérateurs meublait le silence.

Quelque chose lui dit qu'elle devait partir immédiatement.

«Ne sois pas ridicule», se dit-elle intérieurement. Elle se rendit derrière le comptoir et alluma sa petite lampe de poche. Elle scruta les tablettes une à une.

Il y eut un bruissement dans le coin et Pascale

entendit des petits cris aigus. « Y a-t-il des souris ici ? » se demanda-t-elle, mal à l'aise. Elle éclaira le sol, mais ne vit rien. Elle continua à chercher son scénario.

Puis, une lumière s'alluma dans le cellier.

— Qui est là ? cria-t-elle d'une voix chevrotante.

Silence.

Pascale sentait la panique monter peu à peu en elle.

Va-t'en !

Mais soudain, la lumière du cellier s'éteignit.

Pascale sursauta et laissa tomber la lampe de poche. Elle entendit un craquement lorsque la lampe tomba sur le sol ; la minuscule ampoule s'éteignit.

Puis, il y eut un bruit de pas grimpant l'escalier. Pascale se retourna rapidement et avança à tâtons le long du mur. Dans l'obscurité, elle avait perdu son sens de l'orientation.

Elle savait que l'inconnu se trouvait maintenant en haut de l'escalier et qu'il se dirigeait vers elle. Pascale tenta de courir vers la porte, mais elle heurta le comptoir à plusieurs reprises. Finalement, elle essaya de passer par-dessus.

Quelqu'un lui saisit alors fermement les bras par derrière.

Pascale et son poursuivant luttèrent. La personne qui lui courait après était très forte. Elle fit tourner Pascale sur elle-même jusqu'au moment où celle-ci fut étourdie. Son cœur battait à tout rompre.

Pascale avait l'impression étrange de connaître

son agresseur. Elle l'entendait respirer bruyamment et espérait qu'il allait bientôt se fatiguer.

Ses mains tendues repérèrent l'espace vide entre les deux sections du comptoir. Pascale se lança en avant, mais sa hanche heurta violemment quelque chose de dur. La douleur envahit tout son corps. Durant un moment, elle fut incapable de bouger.

Elle fut alors projetée contre un mur, puis ses mains furent liées derrière son dos. Elle parvint à se libérer, mais, les mains liées, c'était presque impossible d'éviter les obstacles et de garder son équilibre. Elle hésitait à se déplacer rapidement par crainte de tomber.

Son poursuivant la rattrapa facilement. Cette fois, il lui banda les yeux.

Pascale demeura immobile, hors d'haleine. «Qui est-ce?» se demanda-t-elle.

L'inconnu faisait les cent pas, heurtant des objets au passage. Puis, il alluma une lumière. Pascale parvint à distinguer une lueur derrière son bandeau. Prudemment, elle bougea une main derrière elle. Elle sentit le rebord d'un évier et constata qu'elle ne s'était pas du tout dirigée vers la sortie. Elle se trouvait dans la cuisine.

Enfin, la personne parla.

— Tu as peur?

«Oh non! pensa Pascale. Ce n'est pas possible…»

— Il peut se passer des choses terribles dans une cuisine, continua la voix. Il y a du verre…

Un verre se brisa contre le mur avec un bruit menaçant.

— Il y a du feu…

Pascale entendit la cuisinière à gaz s'allumer avec un bruyant *wouff*.

— Des objets peuvent tomber… poursuivit la voix.

Cette fois, Pascale entendit un lourd poêlon en fonte tomber si près de ses pieds qu'elle bondit.

— … ou se briser !

Des piles et des piles d'assiettes furent poussées sur le plancher. Pascale sentit des tessons de vaisselle lui piquer les jambes et sauta de nouveau.

— Reste là ! Ne bouge surtout pas ! ordonna son ravisseur d'un ton furieux.

Pascale demeura immobile, paralysée par la peur. Elle connaissait très bien cette voix. Oui. C'était trop horrible pour être vrai, mais pourtant, ça l'était.

« *C'est Trixie !* »

Chapitre 25

Pascale frotta frénétiquement ses mains l'une contre l'autre. Qu'avait donc utilisé Trixie pour la ligoter? «C'est... oui, c'est un tablier», constata-t-elle.

Trixie parlait comme une folle, et de plus en plus vite, haussant le ton à chaque nouvelle phrase.

— Vous vous croyez toutes meilleures que moi! Et pourquoi? Parce que vous allez obtenir votre diplôme d'études secondaires, faire de nouvelles expériences et devenir de gros bonnets.

Elle se mit à chantonner d'une voix aiguë et méprisante.

— Trixie la vieille cinglée n'a pas terminé ses études. Trixie la vieille cinglée n'est qu'une serveuse.

— Trixie, *non*, protesta Pascale. Personne ne croit cela...

— *Ferme-la!* hurla Trixie. Je vous ai entendus bavarder ce soir-là, Jonathan et toi, et dresser vos plans pour l'avenir. Comme tu étais contente de ne pas être obligée d'être une *serveuse* toute ta vie! Et ensuite...

Trixie émit des bruits de baiser.

— Vous êtes toutes pareilles, je le sais, continua Trixie. Lorsque vous commencez, c'est vers Trixie que vous vous tournez au moindre problème. Vous ne savez rien faire et vous avez *peur*. Et maintenant, chérie, as-tu peur?

Un ronronnement emplit la pièce lorsque Trixie alluma le tranchoir électrique.

Pascale eut un frisson dans le dos. Elle se souvenait de la lame circulaire pivotante et de ses dents d'acier. C'était une machine terrifiante qui pouvait couper jusqu'à l'os.

Pascale tira désespérément sur le tablier qui lui retenait les mains. Le ronronnement du tranchoir évoquait la musique de fond d'un mauvais film d'horreur. «Cette fois, cependant, c'est moi qui tiens le rôle principal», pensa Pascale.

Trixie se dirigea vers elle. À force de tirer et de se tortiller les mains, Pascale sentit que le lien se relâchait. Tandis que Trixie s'approchait, Pascale tira si fort qu'elle crut que ses poignets allaient se briser; ses mains étaient libres. Rapidement, elle retira son bandeau.

Elle ne disposait que de quelques secondes pour évaluer la situation. Pascale se rendit compte qu'elle devrait mettre quelque chose entre Trixie et elle — mais quoi? Elle promena son regard dans la cuisine tout en s'efforçant de déterminer quel objet serait le plus en mesure de la protéger.

Les casseroles et les poêles étaient déjà éparpillées sur les sol, tout comme la vaisselle. Elle ne voulait pas se mettre à utiliser les couteaux, craignant de donner des idées à Trixie.

Soudain, elle aperçut des boîtes d'oeufs ; il y en avait des douzaines empilées à l'extrémité d'une table en acier. Elle se précipita vers elles, les ouvrit et les jeta violemment par terre. En quelques secondes, le sol fut recouvert d'une couche visqueuse d'oeufs crus et de coquilles.

Trixie s'aperçut de ce qui se passait, mais pas assez tôt pour éviter la catastrophe. Elle perdit pied et glissa au milieu de la cuisine. Bien sûr, elle n'était plus une menace pour Pascale, mais elle se trouvait toutefois entre Pascale et la porte.

Pascale tenta de faire un détour, mais Trixie se relevait déjà. La femme tituba jusqu'à la porte, marchant avec raideur pour éviter de glisser sur les oeufs. Elle atteignit bientôt le hachoir qui se trouvait près de la porte et au-dessus duquel était accroché un couperet. Trixie s'empara de ce dernier.

Pascale constata que le seul endroit où elle pouvait se réfugier était le cellier. Une fois en bas, elle ne pourrait pas s'enfuir, mais la vue de Trixie tenant le couperet lui fit comprendre qu'elle n'avait pas le choix.

Pascale se dirigea vers l'escalier et descendit aussi vite qu'elle le put. Elle n'avait pas parcouru une grande distance, cependant, lorsqu'elle trébucha. Horrifiée, elle se rendit compte qu'elle tombait... tombait, essayant frénétiquement de s'accrocher à quelque chose, mais en vain.

Chapitre 26

Pascale fut entraînée dans une chute vertigineuse et toucha enfin le sol, assommée et désorientée. Elle tenta de fixer son regard devant elle, mais la pièce n'en finissait plus de tourner.

— *Au secours!* appela-t-elle désespérément.

«Je suis tombée et je ne peux me relever, constata-t-elle. Je me trouve au bas de l'escalier du sous-sol.» Soudain, elle sentit la main de Trixie la saisir par le collet; puis, elle fut à moitié poussée, à moitié traînée sur le sol du cellier.

Trixie la transportait vers l'énorme congélateur! Pascale tenta faiblement de se relever, mais elle était trop secouée et retomba. Trixie la poussa violemment et la tira plus fort, jusqu'à ce qu'elle fût dans le congélateur.

— Tu feras peut-être un excellent plat du jour! gloussa Trixie en claquant la porte. Rafraîchis-toi un peu là-dedans.

«Maintenant, je sais enfin ce qui arrive à la lumière du réfrigérateur quand on ferme la porte», pensa tristement Pascale en s'affaissant contre une tablette. Ce n'était pas seulement froid, mais également noir.

De l'autre côté de la porte, Trixie jacassait d'un ton joyeux.

— Tu sais, j'avais l'intention de vous jouer seulement quelques tours, à vous, mesdemoiselles et messieurs je-sais-tout. J'ai caché ton scénario stupide. J'allais te le remettre demain et te dire que je l'avais trouvé dans la poubelle où tu l'avais jeté par erreur. J'avais si hâte de voir ton expression à la suite de cette plaisanterie ! dit-elle en riant gaiement. Mais il a fallu que tu reviennes !

Pascale imagina le visage souriant de Trixie se changer en mine sévère.

— Maintenant que tu es là, autant rester un moment. À bientôt et garde ton sang-froid !

Pascale entendit le ricanement de Trixie s'évanouir et ses pas s'éloigner dans l'escalier. Bientôt, le vrombissement du ventilateur de plafond fut le seul bruit audible.

« C'est l'obscurité qui va me rendre folle », se dit Pascale en sentant une vague de panique monter en elle. Elle avait le souffle court et son coeur battait la chamade. Malgré le froid, la sueur perlait à son front.

Elle ouvrit la bouche pour crier lorsqu'une voix en elle lui dit de ne pas le faire.

Pascale se mit à grincer des dents. « Oui, je dois m'efforcer de rester calme. C'est la seule chance que j'ai de trouver un moyen de sortir d'ici. Sinon, je manquerai d'oxygène ou mourrai gelée. »

«D'accord, d'accord. *Réfléchis!* Je me rappelle qu'il y a un commutateur pour la lumière. Celle-ci s'éteint automatiquement, mais il y a un commutateur et je peux le trouver et… *Une minute!* Il y a une poignée de sûreté — Trixie me l'a montrée lors de ma première journée de travail.»

Elle se leva, chancelante. Elle avait mal, mais n'avait rien de cassé, apparemment. «C'est un miracle, se dit-elle. Cependant, j'aime autant ne pas voir les ecchymoses.»

Elle s'orienta prudemment. «Voyons… le ventilateur est derrière moi, alors la porte se trouve du côté opposé et le commutateur, juste à côté de moi.» Après quelques essais infructueux, elle trouva le commutateur et alluma la lumière.

Maintenant, il ne lui restait qu'à tourner la poignée de sûreté et elle serait libre.

Mais lorsque Pascale regarda au bas de la porte pour repérer la poignée, elle eut un pincement au coeur.

«Trixie, tu es si rusée. Tu as pensé à tout», se dit-elle tristement en voyant le trou là où aurait dû être la poignée.

«Que faire maintenant?» se demanda-t-elle en s'efforçant de maîtriser sa peur. «Si seulement il y avait un objet avec lequel je pouvais forcer la porte — quelque chose que je pourrais insérer dans le trou pour actionner le levier.»

Elle retira un stylo de la poche de son blouson. Le stylo était assez long, mais pas suffisamment résistant. Le plastique se brisa en deux.

Frustrée, Pascale tapa du pied.

«Je dois faire *quelque chose*», pensa-t-elle en faisant les cent pas. Elle se mit à empiler des caisses de légumes congelés devant le ventilateur. Au moins, cela empêcherait l'air froid de circuler.

C'est à cet instant que quelque chose sur le ventilateur attira son attention. Dans chaque coin se trouvait un boulon qui maintenait le ventilateur fixé au principal appareil de réfrigération. À en juger par les dimensions du ventilateur, ces boulons devaient être longs.

«Si je pouvais en desserrer un, l'affaire serait dans le sac», pensa Pascale en marchant prudemment vers le ventilateur. Elle tenta d'ignorer la petite voix en elle qui disait: «Si ça ne fonctionne pas, qu'est-ce que tu feras alors?»

Deux des boulons étaient vissés si solidement que ses doigts glissaient constamment. Mais le troisième commença à se desserrer et, bien qu'il fût tenace et rouillé, il céda. Cela lui parut toutefois une éternité avant qu'elle ne tienne enfin le long boulon dans sa main.

Tremblante, elle s'approcha de la porte et inséra le boulon dans la fente, là où la poignée de sûreté aurait dû se trouver.

Priant en silence, elle poussa le boulon contre le levier.

Clic.

La porte s'ouvrit.

Chapitre 27

Une vague de joie envahit Pascale lorsque l'immense porte s'ouvrit. Bientôt, elle se retrouva dans le restaurant obscur.

«Attention, se dit-elle. Trixie est peut-être encore là, attendant le moment de réapparaître avec une autre de ses surprises.»

Une fois dans le stationnement, elle regarda nerveusement autour d'elle. «La voiture de Trixie n'est plus là», constata Pascale en retirant ses clés de sa poche.

Quelques secondes plus tard, ses mains tremblantes agrippaient le volant. Enfin, elle rentrait à la maison. Toutefois, elle était encore sous le choc.

«D'une minute à l'autre, je vais me réveiller et découvrir que tout ça n'est qu'un cauchemar — comme lorsque je me suis cognée la tête au gymnase. Si je me réveille bientôt, je me moque d'avoir mal à la tête. Ça ne m'ennuierait même pas d'avoir subi une commotion.»

Cette fois, cependant, elle savait que le cauchemar était réel.

Elle jeta un coup d'oeil dans son rétroviseur afin de voir de quoi elle avait l'air et remarqua une voiture rouge qui la suivait de près. «Justement ce dont j'ai besoin ce soir», pensa-t-elle en accélérant légèrement.

La voiture rouge accéléra aussi et le conducteur se mit à klaxonner avec acharnement.

— Tu ne sais pas ce que c'est qu'une limite de vitesse? marmonna Pascale entre ses dents.

Elle appuya encore un peu plus sur l'accélérateur.

— Est-ce que ça te suffit? demanda-t-elle au reflet de la voiture dans le rétroviseur.

La distance entre les deux véhicules s'agrandit.

Le conducteur de l'autre voiture éteignit puis ralluma ses phares et klaxonna à quelques reprises.

«Cet homme est fou, pensa Pascale, paniquée. J'ai les nerfs à vif. J'aurais pu mourir tout à l'heure au restaurant et voilà que cet imbécile essaie de nous tuer tous les deux dans un accident de voiture.»

Pascale sortit sa main par la vitre baissée et fit signe au conducteur de passer. «Dépasse-moi, je t'en prie. Si tu es si pressé, dépasse-moi.»

Mais la voiture rouge continuait à la talonner, klaxonnant et éteignant ses phares à quelques reprises. Chaque fois que Pascale accélérait, l'autre conducteur en faisait autant jusqu'à ce que la distance entre eux fut de nouveau réduite.

«Qu'est-ce qu'il tente de faire? Me sortir de la route?»

«Comment échapper à ce cinglé?»

La circulation devenait plus dense. Pascale regarda de chaque côté d'elle, cherchant une occasion de changer de voie. Finalement, elle repéra un espace libre et donna un coup de volant à gauche.

«Maintenant, tu peux aller en harceler d'autres», se dit Pascale intérieurement, jetant un coup d'oeil à la voiture rouge dans l'autre voie. Elle poussa un soupir de soulagement et se mit à pianoter avec ses doigts sur le volant.

Mais bientôt, la voiture rouge se retrouva à côté d'elle et le conducteur klaxonnait de nouveau. Pascale se retourna pour le regarder. C'était un homme pâle aux sourcils broussailleux, l'air plus timide que dangereux. En voyant que Pascale l'observait, il se mit à gesticuler frénétiquement.

«On croirait presque qu'il est en train d'avoir une attaque», pensa Pascale.

«Peut-être essaie-t-il de me dire quelque chose?»

Elle continua à regarder l'homme à sa droite qui semblait s'agiter encore davantage. Il se mit à indiquer quelque chose derrière lui avec son pouce. Pascale jeta un coup d'oeil dans son rétroviseur. Il n'y avait rien d'inhabituel.

Elle se tourna vers l'homme encore une fois, mais les voitures accéléraient dans sa voie. Quelques instants plus tard, elle se trouvait loin devant lui et la voiture rouge avait disparu.

«Tant pis», se dit Pascale. Elle vérifia que la voiture allait bien: pas de bruit étrange provenant du moteur ni de fumée. Les freins semblaient bien fonctionner et elle avait suffisamment d'essence. «Si ce drôle de petit homme essayait de me dire que quelque chose ne va pas, je ne vois vraiment pas de quoi il peut s'agir.»

«En arrivant chez moi, je téléphonerai à Jonathan, peu importe l'heure. J'espère seulement que je ne réveillerai pas toute sa famille. Ensuite, j'appellerai la police.» Elle ralentit, quitta la route principale et emprunta le chemin Boisé.

Elle se regarda de nouveau dans le rétroviseur. Cette fois, elle put voir dans quel état elle se trouvait. Ses cheveux étaient en désordre, son chemisier était déchiré et elle avait une grande tache de graisse sur une joue. Elle vit une expression de peur et de méfiance dans son regard. Et elle vit autre chose.

Le petit homme avait bel et bien tenté de la mettre en garde.

Pascale fixa la route et se mit à fredonner. Pourtant, elle claquait des dents, terrifiée. Elle ne voulait pas croire qu'elle avait bien vu, redoutant la vérité. Cependant, elle craignait encore plus de ne pas savoir.

Lentement, Pascale leva les yeux et regarda dans le rétroviseur.

— *Surprise!* dit Trixie.

Chapitre 28

Ce fut un véritable miracle que Pascale ne perdît pas la maîtrise de la voiture en apercevant le reflet terrifiant de Trixie. Un large sourire éclairait son visage, dévoilant ses dents; son rouge à lèvres rouge vif lui barbouillait le visage et sa perruque rousse s'était déplacée, découvrant ses cheveux qui se dressaient par touffes grises. L'effet était saisissant. Trixie ressemblait à un clown bizarre.

Durant un court moment, Pascale fut prise d'un fou rire hystérique. Elle n'avait jamais imaginé que la coiffure toute en hauteur de Trixie fût une perruque. Toutefois, il n'y avait pas de quoi rire en voyant la lame luisante du couteau à découper que tenait Trixie dans sa main.

— Je t'ai entendue monter l'escalier, dit Trixie en gloussant. Je n'arrivais pas à croire que tu aies pu sortir de là. Moi qui pensais que Virginie était la plus intelligente d'entre vous! Alors je me suis dit : Trixie, je parie que cette fille aura besoin de compagnie. Ce n'est pas amusant de rentrer seule. Puis, cet idiot s'est mis à klaxonner et a failli gâcher ma surprise. Eh bien? Es-tu surprise?

Pascale craignait que son coeur cesse de battre. Son regard allait de la route étroite au terrible reflet de Trixie.

— Réponds-moi quand je te pose une question ! grogna Trixie d'un ton menaçant. Je t'ai demandé si tu étais surprise !

— C'est toute une surprise, Trixie, murmura Pascale.

Elle était si oppressée qu'elle eut du mal à laisser échapper ces quelques mots.

Trixie gloussa de contentement.

— Je le savais. Vous, les jeunes, vous vous croyez si brillants, si rusés ; mais la vieille Trixie peut se montrer encore plus maligne que vous.

— C'est vrai, Trixie, dit Pascale d'une voix presque inaudible. Trixie, posez ce couteau, je vous en prie.

Trixie secoua la tête.

— Pas encore. Dommage, chérie, mais je vais devoir me débarrasser de toi, tout comme je l'ai fait avec Geoffroy le prétentieux l'an dernier, ricana-t-elle. Je les ai bien eus avec celui-là. Ils n'ont jamais découvert qu'il s'était arrêté à mon restaurant avant de se rendre au *drive-in*. Bien sûr, j'ai utilisé un poison qui met un certain temps à agir. Je ne voulais pas qu'il s'effondre dans mon établissement !

Elle eut un gros rire sonore.

Puis, le ton de sa voix devint méchant.

— Il fallait que je lui donne une leçon. Chaque fois qu'il venait, il se vantait d'avoir obtenu une importante bourse pour ses études collégiales. Il parlait comme si cela le rendait meilleur que les autres. Un jour, j'en ai eu assez et j'ai décidé qu'il devait partir. Tu n'étais pas aussi mauvaise que lui, continua Trixie. Je me serais arrêtée après quelques autres plaisanteries. Mais il a fallu que tu viennes fureter et te mêler des affaires des autres.

Trixie se pencha en avant, approchant le couteau du cou de Pascale.

Celle-ci serra les dents et appuya à fond sur l'accélérateur. La voiture fit une embardée vers l'avant, bondissant sur la route de gravier. Pascale donnait de brusques coups de volant à gauche et à droite, s'efforçant de garder la maîtrise de la voiture.

Trixie fut projetée d'un côté et de l'autre sur la banquette arrière. L'incrédulité se lisait sur son visage.

— Tu es folle! hurla-t-elle. Tu vas nous tuer toutes les deux!

«Oh! parce que je suis la seule qui doit mourir, c'est ça?» pensa Pascale. La voiture fit un bond dans les airs en passant successivement sur plusieurs bosses. Pascale sentait que la catastrophe était inévitable. Elle donna un brusque coup de volant pour éviter des arbres et appuya sur les freins. Elle espérait pouvoir descendre de la voiture et s'enfuir.

Lorsque la voiture s'immobilisa en dérapant, Pascale sentit la ceinture de sécurité s'enfoncer dans son abdomen. Trixie fut presque projetée contre la banquette avant. Elle avait lâché le couteau et une étrange pensée envahit l'esprit de Pascale.

«J'espère que le cuir de la banquette n'est pas déchiré. »

Le couteau se trouvait quelque part sur le plancher de la voiture. Pascale avait saisi la poignée de la portière et s'apprêtait à descendre lorsque les sanglots de Trixie l'arrêtèrent.

Elle se retourna et vit Trixie affaissée sur la banquette arrière. Elle semblait avoir rapetissé. Sa rage s'était estompée et elle tenait sa tête dans ses mains, pleurant comme une petite fille.

— Je suis si fatiguée, si fatiguée, bredouilla-t-elle. Année après année, c'est la même chose. Des nouveaux arrivent à la polyvalente. Je dois former des employés à temps partiel et expliquer encore et encore et encore comment faire ceci ou cela. Mais ils se croient toujours plus malins que cette vieille idiote de Trixie la serveuse.

— Ce n'est pas du tout ce que nous pensons, Trixie. Tout le monde vous admire.

Mais Trixie n'écoutait pas. Elle semblait prête à se fâcher encore une fois.

— J'ai laissé tomber mes études, et alors? Je voulais m'amuser. Mais ça n'a rien d'amusant. Toujours cette bande de je-sais-tout qui fréquentent la polyvalente. Ils obtiennent leur diplôme et d'autres viennent prendre leur place. Je dois toujours former des empotées. Et durant tout ce temps, c'est moi qui lave la vaisselle sale et les chaudrons graisseux. *Travailler, travailler, travailler — et pour des pourboires ridicules!*

145

Sa voix était devenue un rugissement.

Mais Trixie ne devint pas hystérique comme le craignait Pascale. Soudain, elle parut vidée de toute son énergie et enfouit sa tête dans ses mains.

— Comment ai-je pu faire toutes ces choses? Oh non! oh non! Ils vont tout découvrir maintenant et je vais avoir des ennuis, sanglota-t-elle.

«Pour ça, tu en auras, des ennuis, pensa Pascale. Tu as peur d'avoir des ennuis, Trixie? C'est que tu as été une très vilaine fille.»

Cependant, Pascale ne put s'empêcher d'éprouver de la tristesse en regardant Trixie pleurer. «Pauvre Trixie! Tu voulais te venger de tous ceux qui te prenaient pour une idiote parce que tu étais une serveuse. Pourtant, il n'y avait que toi qui pensais ça.»

Prudemment, Pascale fit démarrer la voiture. Elle fut soulagée de voir qu'elle n'était pas en panne.

Trixie continua à pleurer durant tout le trajet jusqu'au poste de police. Pascale, elle, se posait sans arrêt la même question.

Où se trouvait le couteau?

Chapitre 29

— Peux-tu me passer le maïs soufflé? demanda Jonathan.

Pascale tendit le bol à Carla, qui le remit à Jonathan.

— Vous savez, je n'arrive pas à croire que tout ça s'est passé hier soir, dit Pascale en regardant ses amis. Il y a quelques heures à peine, je ne croyais pas pouvoir me sentir à nouveau en sécurité, assise dans mon salon, discutant de tout ça comme s'il s'agissait… d'un film.

— En tout cas, ça ressemble drôlement à un film d'horreur, fit remarquer Virginie d'un ton grave. Ce que *je* n'arrive pas à croire, c'est que tu l'as conduite au poste de police. Moi, j'aurais été morte de peur.

— Je l'étais aussi, dit Pascale en faisant un signe affirmatif. Mais je n'avais pas le choix. Je ne pouvais pas rester là au milieu du chemin Boisé et attendre de voir ce qu'elle allait faire.

— Tu as raison, approuva Carla en prenant une poignée de maïs soufflé.

147

Jonathan serra la main de Pascale.

— Tu as certainement dû garder ton sang-froid puisque tu es parvenue à sortir du congélateur.

— Sang-*froid*, Jonathan? Je suppose que c'était une blague? demanda Carla en souriant d'un air espiègle.

— Pendant que nous roulions vers le poste de police, poursuivit Pascale, Trixie semblait vraiment regretter ce qu'elle avait fait. Elle a admis avoir joué de nombreux tours.

— Alors, raconte, dit Carla.

— Bien, elle était responsable des appels téléphoniques anonymes, des messages sur mon répondeur et des notes menaçantes écrites sur des factures, par exemple: *Prends garde ou tu auras un grave accident.* Celle-ci ne m'était pas nécessairement destinée… Trixie croyait que ce serait un client qui trouverait la facture.

Carla grimaça.

— C'est si étrange… Qui aurait cru que Trixie pensait que tout le monde se croyait plus malin qu'elle ou encore qu'elle complotait contre nous? J'aimais beaucoup Trixie et je croyais qu'elle était folle de ses clients.

— C'était bien le cas, fit remarquer Jonathan. Elle *était* folle.

— C'est dommage, dit Pascale tristement. Trixie était simplement déboussolée. Tu sais, Carla, je me demande pourquoi Trixie ne t'a jamais joué de tours.

Carla sembla songeuse durant un moment.

— Peut-être parce qu'elle croyait que j'allais travailler au restaurant à temps plein et suivre ses traces, quoi! Trixie s'est vraiment fâchée quand je lui ai appris que je n'avais pas l'intention d'accepter le poste de gérante qu'elle m'avait offert. J'ai tenté de lui expliquer pourquoi je voulais terminer mes études et peut-être même aller au collège, mais elle a refusé de m'écouter. Je suppose qu'elle a eu l'impression que je la laissais tomber, comme tous ceux qui travaillent là durant un certain temps et qui finissent par partir.

Virginie acquiesça.

— Vous ne voulez donc pas savoir ce que Trixie a ensuite avoué? demanda Pascale.

Ils répondirent *oui* en chœur.

Pascale savourait ce moment et hésita avant de continuer.

— C'est elle qui a fait le coup du rat!

— *Le rat!* répétèrent-ils à l'unisson avant d'éclater de rire.

— Je ne sais même pas pourquoi je ris. C'était si terrible!

Pascale s'arrêta, tentant de reprendre son souffle en essuyant ses larmes.

Virginie sourit.

— Je t'ai dit que j'avais tout de suite soupçonné quelque chose en voyant le rat. J'en avais vu de semblables dans des magasins d'attrapes lorsque je suis allée acheter des insectes et des vers pour mon travail en sciences.

Elle demeura silencieuse durant quelques secondes.

— Je suppose que c'est Trixie qui a volé mes disquettes. Elle a dû les prendre dans mon sac pendant que je travaillais. De toute façon, j'ai déjà refait tout le travail.

Pascale soupira.

— Quant à la personne qui a jeté mes affaires sous les douches du vestiaire, il semble que ce soit Caroline. Trixie a juré qu'elle n'avait jamais mis les pieds à l'école. Dommage qu'on ne puisse le prouver.

— C'est vrai, approuva Carla. C'est dommage, mais tu n'y peux rien.

Elle secoua la tête.

— Trixie devait avoir complètement perdu la raison si elle ne s'apercevait pas du tort qu'elle causait à son établissement avec tous ces accidents. Je me demande ce qu'il adviendra du restaurant; sera-t-il fermé pour de bon? se demanda Carla. Je ne travaillais pas pour le plaisir. J'ai vraiment besoin de cet argent.

— Il paraît que Trixie a un associé quelque part, ajouta Virginie.

— Bien, j'espère que nous en saurons plus long bientôt, dit Pascale. Au fait, je ne vous ai pas encore fait part du plus important. Trixie m'a dit que c'est elle qui a empoisonné le garçon qui est mort au *drive-in*. Elle m'a expliqué qu'elle en avait eu assez de l'entendre se vanter à propos de sa bourse et qu'elle avait décidé qu'il devait partir.

— Eh bien ! dit Jonathan.

Il secoua la tête, étonné, et baissa les yeux.

Tout le monde demeura silencieux durant quelques secondes, songeant à cette dernière révélation.

«Je parie qu'ils pensent la même chose que moi, se dit Pascale intérieurement. Si Trixie a empoisonné quelqu'un l'an dernier, elle aurait pu le refaire n'importe quand. Nous étions en danger chaque fois que nous allions travailler au restaurant, tout comme les clients qui y entraient.»

Chapitre 30

— Deux semaines seulement ont passé et on croirait presque que rien n'est jamais arrivé, dit Pascale à Carla en versant de l'eau dans la cafetière.

Après avoir été fermé durant quelques jours, le restaurant de Trixie avait de nouveau ouvert ses portes à l'arrivée de Serge, le cousin de Trixie, qui dirigerait désormais l'établissement.

Serge, un homme costaud qui riait souvent et se rasait rarement, avait remis le restaurant sur pied très rapidement.

— Tu sais, je croyais que les affaires seraient mauvaises, mais je pense que les gens viennent par curiosité, fit remarquer Carla en essuyant le comptoir.

— C'est vrai, approuva Pascale. Serge me plaît aussi ; je suis heureuse qu'il ait pris les choses en main. Il semble être un homme de tête.

— Hé ! j'ai oublié de te dire que monsieur Dubois va s'en tirer. Trixie n'avait rien à voir dans cette histoire. C'était une crise d'appendicite.

— J'ai entendu dire qu'il s'occuperait quand

même du spectacle de fin d'année, renchérit Virginie.

— C'est vrai, dit Pascale en souriant. J'étais déjà au courant, car devinez qui sera l'une des danseuses? demanda-t-elle d'un sourire entendu.

Carla applaudit.

— Bravo, Pascale! Je savais que tu pouvais le faire! dit Virginie.

— Moi, je n'en étais pas si certaine, fit remarquer Pascale. Mais j'ai décidé d'essayer. Il fallait que j'arrête de rêvasser à ces choses que je veux faire et que j'*agisse*.

Pascale regarda Jonathan, qui était assis à l'autre bout du comptoir et mangeait un sandwich. Il croisa son regard et lui fit un clin d'oeil. Elle lui en fit un également.

«Cela aussi est réel, maintenant, et c'est encore bien mieux qu'un rêve.»

«D'autres choses ne changent pas, cependant», constata-t-elle en regardant Caroline se diriger vers la porte d'un pas nonchalant sans payer sa facture. Trixie n'avait jamais fait payer Caroline et celle-ci en profitait encore.

Cependant, ça ne fonctionnerait pas, cette fois.

Serge sortit de la cuisine à toute allure et s'empara de la facture sur la table.

— Tu n'oublies pas quelque chose? demanda-t-il en brandissant la facture devant le visage de Caroline.

Pascale vit Caroline sursauter, surprise.

— Quoi?

— Caroline, ma nièce chérie, je t'ai déjà rappe-
lée à l'ordre les deux dernières fois que tu es venue
ici.

— Mais, oncle Serge… Je ne vois pas pourquoi
je devrais payer, gémit Caroline. Tante Trixie me
servait toujours gratuitement. De plus, ajouta-t-elle
en faisant la moue, je n'ai pas d'argent. Alors que
puis-je faire?

En guise de réponse, Serge saisit Caroline par le
bras et l'entraîna vers la cuisine avec brusquerie.

— Viens avec moi, jeune demoiselle. J'en ai
assez de ces enfantillages. Tu feras ce que toute
personne fait quand elle n'a pas d'argent pour
payer. Tu laveras la vaisselle.

Il conduisit Caroline à l'évier et désigna le lave-
vaisselle.

— Tu n'es pas sérieux !

— Eh bien? dit Serge en fixant Caroline, qui
avait croisé les bras, l'air incrédule.

— M-mais… bafouilla-t-elle.

Pascale sourit et lui tendit le savon.

Dans la même collection

ACHEVÉ D'IMPRIMER
EN SEPTEMBRE 1992
SUR LES PRESSES DE
PAYETTE & SIMMS INC.
À SAINT-LAMBERT, P.Q.